나는
내가 어려워
넌 어때

나는
내가 어려워
넌 어때

진 민 산문집

문학세계사

삶이 어려운 나, 당신도 같은가요?

나는 언제나 내가 깔아 놓은 넓이만큼의 멍석 위에서만 움직입니다.

누군가가 내 안에 들어와서 다른 선을 그어 놓아도 싫고 나 또한 다른 사람의 멍석 위로 섣부르게 발을 들이지 않으려 애를 씁니다. 뭔가 타인을 불편하게 하는 일이 싫어서 손해를 감수하나 그것 또한 내가 착해서가 아니라 많이 예민해서 혹은 나 자신에게 욕 먹이지 않으려는 깜찍한 수단일 뿐입니다. 하지만 그렇게 오차 없이 살고자 노력하면 할수록 어리바리한 내가 하게 되는 실수도 많아지는 법입니다. 정이 많아서란 변명은 너무 식상하고 재주가 없어서란 이유에 더 가까운……

완벽할 수 없는 객체이지만 원칙적인 걸 벗어나기 싫어
하는 성향이 강한 나는 언제나 면세점 사용 금액이 소액이
라도 초과하면 반드시 세관 접수를 하고 그 세액을 납세합
니다. 물론 누구나 다 그러하다고 믿는 바이며, 자랑삼고자
하는 일이 아니라 스스로 만족해야만 하는 나만의 결기 같
은 거라고나 할까요?

미완의 작가에게 작품이 완벽할 수도 없겠지만 허술한
'작품집'을 세상에 내놓는 일이 도무지 엄두가 안 났습니다.
수필가로서 등단하고도 여전히 시 쪽을 서성이며 무한 짝사
랑했고 그렇더라도 산문의 깊이는 놀랍도록 더 섬세하고 귀
한 장르임을 체감하는 긴 세월이기도 했습니다.

『나는 내가 어려워 넌 어때』는 4기 암 환자로서 이제 더
는 미룰 수 없는 자신과의 타협으로 불쑥 내밀게 되는 나의
생애 첫 작품집입니다.
여전히 부끄럽고 아쉽습니다. 다만 이제는 말할 수 있습
니다. 수필이라고 해서 반드시 길게 쓸 필요도 없거니와 시
처럼 절제된 묘수를 두지 않더라도 적어도 아포리즘같이 반

짝이고 싶어서 고민이 참 많았었다고……

늦깎이 처지이지만 출간하기까지 진심으로 뜨거운 내 모든 독백임을 밝힙니다. 언제나 잘 할 수 있을 거라 믿는 그 순간이 사실은 최선이었고 최고가 될 수 있었던 기회라는 걸 깨닫는 데 너무 오랜 시간을 소비했습니다. 하지만 매 순간 삶이든 글이든 잘 살아왔고 무엇보다 '고급한 독자'가 됐다는 뜻이기도 합니다.

부디 『나는 내가 어려워 넌 어때』가 나를 사심 없이 들여다보는 큰 창이며 서로에게 전하는 무한공감의 손짓이길 바랍니다.

나는 내가 어렵습니다. 당신도 그런가요? 끝을 바라보며, 나는 삶의 이유를 찾았습니다. 그리고 이제, 그 이야기를 당신과 나누고 싶습니다.

나는 묻습니다.
"삶은 왜 이렇게 어렵고, 그래도 왜 아름다운가요?"

Part 1 햇살이 스며들 때

Part 2 나를 마주하는 시간

Part 3 작은 것들의 위로

Part 4 마음이 닿는 자리

Part 1

햇살이 스며들 때

노란 보자기

콧잔등에 살짝 물만 묻혀 고양이 세수를 마친 뒤 재빠르게 뛴다. 숨이 턱까지 차서 헉헉대며 철문 닫히는 쇳소리에 안도하고 나면 영락없이 심술 맞은 선도부장 건영이의 잔소리가 따라붙는다.

"또 너야. 할머니도 곧 뒤따라오시겠네. 하여튼 재주도 좋아. 꼭 1분 전이라니까."

내가 학교 가까이 사는 편리함을 기분 좋게 누리는데 뭐가 문제냐는 듯 천연덕스럽게 교실로 향하는 진풍경이다. 초등학교 때는 먼 곳으로 통학하느라 고생하다가 중학교는 운 좋게 학교에서 불과 5백 미터도 안 되는 곳에 살았다. 가까스로 지각은 면할 정도만 게으름을 피우느라 도시락은커녕 아침까지 거르고 학교에 가기 일쑤였다.

엄마는 안 계셨어도 할머니의 각별한 애정을 받았던 덕분에 마냥 어리광을 부리던 터라 늦게 일어나는 날이 많았다. 그런 날 아침이면 할머니는 부랴부랴 아침과 점심 두 끼를 도시락통에 담아 학교로 뒤따라와서 전해 주시곤 했다. 그때마다 난 늙은 할머니가 부끄럽다며 밥은 안 먹어도 좋으니 제발 학교에 오지 말라고 떼를 썼다.

어느 날인가부터 할머니는 학교 정문 앞에서 선도부장이었던 반 친구 건영이에게 도시락만 맡기고 되돌아가시곤 했다. 하지만 할머니는 날마다 정성껏 도시락을 싸주셨다. 집안 형편이 넉넉하지 않았지만, 할머니의 음식 솜씨는 늘 남달랐다. 반찬 하나하나에 할머니의 마음이 담겨 있었고, 이 도시락은 친구들에게도 인기 만점이었다. 친구들은 내 도시락을 금세 비우곤 했다. 정작 나는 먹지 못했지만, 책상 위에 가득했던 도시락의 흔적들은 어쩌면 할머니의 사랑이 가장 빛난 순간이었다.

사정이 그렇다 보니 정작 아침은 물론 점심 도시락까지 친구들에게 빼앗기고 남의 음식은 손끝도 안 대며 까탈을 부리던 나는 학교에서 배불리 먹고 온 것처럼 늘 시치미를 떼야 했다. 그런 줄 모르는 할머니는 장대비가 쏟아지는 여름에도, 코끝이 얼어붙을 것 같은 겨울에도 3년 내내 한결같이 도시락을 나르며 유난히 약골인 당신의 손녀딸을 애지중지하셨다. 지금처럼 보온도시락이나 보조 가방이 흔하던 때가 아니어서 언제나 내 도시락은 노란색 보자기로 정갈하게 싸여 있었다. 하지만 창피하다고 느꼈던 할머니도, 노란색 보자기도 이제는 영원히 볼 수도, 만질 수도 없다.

당신 손녀가 여리게만 보였던 할머니는 제 밥그릇이나 제대로 챙길 수 있을까 노심초사 상전 모시듯 정성을 다하셨다. 세탁해서 말끔히 다려 놓은 교복은 물론, 더러워질세라 서둘러 빤 운동화를 부뚜막 위에 잘 말려 신발 끈까지 꿰어서 여며 주셨던 할머니 손끝은 말 그대로 물기 마를 날이 없었다. 그런 정성을 받고 컸지만, 할머니의 기우가 사실이었던지 아직도 내 밥그릇 하나 챙기지 못할 때가 많다.

노란색은 보통 밝고 생기발랄한 느낌을 전달하는 색상이라고 여겼는데 시간이 흐르면서 가슴 뭉클하고 아릿한 회한으로 자책하며 보게 될 줄이야. 흔히 노란색을 보며 병아리같이 귀엽다고 하거나 개나리같이 환한 긍정적인 이미지를 연상하지만 나는 노란 색상은 아픈 기억으로 떠올릴 수밖에 없다. 도시락에 담긴 할머니의 깊은 사랑을 모른 채 철없이 그저 창피하게만 여겼던 어린 시절이 마냥 촌스러워 보였던 노란색 보자기보다 더 부끄럽다.

후회는 반드시 시간이 지난 뒤에야 하게 되는 거라지만 도시락에 담긴 할머니의 사랑을 조금만 더 일찍 깨우쳤다면 밝고 고운 노란색 빛깔을 더욱 투명하게 바라보지 않았을까 싶다. 가끔 시간이 없다는 핑계로 아이에게 편리한 일회용 용기에 담겨 있는 햄버거나 맞춤 김밥을 사서 보조 가방에 담아 줄 때가 있었다. 그마저도 학교 급식이 시행되면서 특별한 날만 도시락을 가져가게 되니 받아 드는 아이나 챙겨 주는 엄마나 별다른 감흥이 없기는 마찬가지다.

언젠가 딸아이와 보온 도시락통을 사려고 백화점에 갔다가 수많은 종류의 도시락통과 관련된 다양한 물건들의 아이디어에 눈이 휘둥그레졌다. 호기심 많은 아이는 예쁘고 값비싼 것에 자꾸 눈길을 주었지만 잘 타이른 뒤 실용적인 중저가의 보온 도시락통을 샀다. 고르고 골라서 산 도시락통이건만 1년이면 고작 서너 번 사용하게 되는 까닭에 싱크대 구석에서 천덕꾸러기가 됐고 이젠 아예 쓸 일조차 없다.

유순한 아이는 다행히 자기가 원하는 보온 도시락통을

사 달라고 떼쓰지 않았지만 그때나 지금이나 나는 아직 딸아이에게 노란 보자기에 곱게 싼, 사랑이 가득 담긴 도시락 이야기를 하지 않았다. 굳이 설명하지 않더라도 엄마의 심정을, 머지않아 자신도 한 아이의 엄마가 돼서 나누어 줄 사랑과 허물을 자연스럽게 이해할 수 있을 때 조용히 말해 주리라.

"Tie a yellow ribbon round the ole oak tree"란 노랫말에 나오는 '노란 손수건'이 애틋한 사랑을 표현한 그리움의 빛깔이었다면 내 마음속의 '노란 보자기'는 그 어느 곳에서도 찾아볼 수 없는 사모곡처럼 슬픈 참회의 빛깔이다.

합리적 의사표시

남편은 언제 봐도 타인에 대한 배려가 깊은 사람이다. 늘 본인보다 상대를 우선시하는 이타적인 사람인데 내가 질색하는 부분이 있다.

"자기야 수제비 해줄까?"

"아니야, 뭐 하러 굳이 힘들게 반죽하고 일거리 만들어. 그냥 있는 거 먹자."

이쯤 되면 애처가라고 하실 분들 계실 텐데, 내 말을 끝까지 들어보시라.

"짜장면 시켜 먹을까, 아니면 짬뽕 먹을까?" 이 질문에 그는 이렇게 대답한다. "더운데 짬뽕은 무슨." 이건 짜장면 먹자는 소리다.

"자기야 우리 콩국수 먹을까. 매운 비빔냉면 어때?"

"땀 나는데 매운 냉면은 무슨, 덥기만 하지."

요건 시원한 콩국수나 먹자는 뜻이다.

말이란 정법으로 가는 게 좋다고 생각하는 나의 지론을 떠나 상처받게 하려는 의도가 없다면 나쁜 소리는 에둘러 부드럽게 하되, 기호 정도는 군소리 없이 바로 예스나 노를 분명하게 밝힐 필요가 있지 않을까.

남편은 나의 부엌 노동을 최소화해 주려고 애쓰는 사람이고 성심껏 거드는 사람이지만 주말 메뉴나 드라이브 코스를 결정할 때는 우리 모두를 모호하게 하는 경우가 제법 있다. 내가 그의 호불호를 짐작으로 이만큼 알아맞히는 데는 꽤 오랜 시간이 걸렸다.

적당히 알아서 하라고? 그런 법은 절대 없다. '제육볶음'이 먹고 싶은데 '소고기 스튜'를 해서 내놓으면 일단 잘 안 먹는 까탈스러운 면이 있기 때문이다. 살아온 구력으로 간 크고 목소리 커진 아낙으로서 직설적으로 통보했다.

뭐 먹고 싶냐고 물어보니 네 뜻대로 하란다. "그냥, 먹고 싶은 걸 말해. 안 그러면 국물도 없을 줄 알아." 오늘은 숙성 한우를 미디엄으로 살짝 구워내고 (그는 웰던 스타일) 싫어하는 브로콜리도 왕창 배당해서 쓰윽 밀어 놓았더니 말없이

드신다. (굳이 '드신다'에 방점이다)

"한우, 숙성이 잘됐네."

그렇지, 그렇지. 사이 좋다는 건 내가 이기는 것도 아니고 상대가 이기는 것도 아니다. '그냥 척 보면 압니다'가 아니라 끊임없이 알아가는 것이며 모를 땐 물어보고 명확히 대답해 주는 거다. 그게 건강하고 좋은 관계의 기본이다.

타협이 가능한 것은 상대가 날 아끼기 때문이기도 하지만 내가 상대를 읽을 수 있기 때문이기도 하다. SNS상에서 '슬퍼요' 마크를 누른다는 것이 '웃겨요'를 눌러 놓고 며칠 지나서 우연히 확인했을 때의 난처함이란 이루 말할 수가 없다. 실수치고는 꽤 묵직한 엉뚱한 메시지가 남게 되는 거다.

때로 우리가 사소하게 표현하는 의사에는 오류도 있고 탄식도 있고 알고자 하는 것과 아주 멀어질 때도 있지만 '싫어요'와 '좋아요'란 표현만큼은 될 수 있으면 명확히 하며 살고자 한다. 타인에게 피해가 안된다면 말이다.

바람이 몹시 심하게 부는 휴일, 하루가 소소하게 지나간다.

인덕이 많아요

내가 인덕이 많다고 말씀드리자, 연세가 지긋하신 선배 님께서 웃으며 한 말씀 건네시는 거다.

"그건 자랑일세, 자네가 쌓은 덕이거나 혹은 자네의 인 품이 좋다는 자만일 수도 있지. 그래서 '인덕이 많다'라는 말 은 잘 써야 한다네. 그런 점에서 자네가 인덕이 많은 사람은 맞아. 가만 보면 배려심도 많고 재바르고 무엇보다 사람을 좋아하잖아."

우쭐한 기분이 드는 게 아니라 몹시 부끄러웠고 한편으 론 내심 감사하다는 생각이 들었다. 십여 년이 지난 지금 선 배님께는 죄송하지만 내 생각은 원래대로 자릴 잡았다. 자 신과 관계없이 '인덕'이란 건 분명 존재한다고 믿게 됐다.

내가 잘 하지 않았어도, 아니 형편없이 굴었는데도 누군가는 내게 대가 없는 배려와 나눔을 여전히 하고 있다는 경험이 반복되고 있으니 말이다. 다만 그때와 지금의 내가 달라진 게 있다면 '인덕'이라고 명명 지어지는 호의에 좀 더 냉철해지거나 집요해지고 있다는 점이다

언젠가 속도 빠르고 명민한 선배가 정색하고 지적한다.

"너는 말이지 다 좋아, 물색없이 뭐든 다 좋아하는 것도 병이야, ○○에게도 △△, □□에게도 말이지……. 네가 개개인에게 남모를 애정과 관심을 나누며 잘해 주고 나서 감춘다 한들 그들 각각은 너에게 받은 호의를 고마워하는 건 고사하고 뭘 더 받았을까, 덜 받은 건 또 뭘까 하고 저울질하면서 네 진심을 왜곡하기 바쁘다니까."

선배가 하는 말의 부피감을 전혀 못 느끼다가 쉰을 넘기고서야 조금은 알 것 같았다. 사람을 좋아하는 것도 경우를 따지고 곁눈질 정도는 똑바로 따져 가며 해야 한다는 걸 말이다. 한편으론 좋으면 앞뒤 분별없는 제 버릇 남 주기 글렀고 결국은 헤픈 사람처럼 가던 대로 가야지 별수 있나 싶고. 달랑 한 장 남긴 스케줄러 노트를 바라보다 든 생각이다.

더는 피곤하게 살지 말자. 머리만 승하고 몸은 둔한 사람이 아니라 온갖 기우까지 꽉 들어찬 머리와 몸도 재바르

니 양쪽으로 바쁜 사람이라서 방전이 빠른 걸까. 선병질적이고 턱없이 비위는 약하고 자주 마음은 허기지고 몸이 지칠 때마다 안간힘을 다해 기를 쓰고 버틴 건 아니었는지 자각 중이다.

내 생이 너무 소모적이었다는 자책도 든다. 그래서 해마다 연말이면 가지치기를 한다. 건방지지만 손바닥만 한 수첩에 빼곡히 적힌 지인들의 이름을 관계의 깊이와 감사의 비중을 정확히 가늠하면서 핸드폰이 주는 연결 고리들을 정리한다.

너무 야박하지 않게 이젠 그냥 바라보기로 한다. 그러나 빚은 지지 말아야 할 것 같아서 꾹꾹 눌러쓴다. 그 이름 석 자와 얼굴들을 어루만지며. 내 안에 깃든 인덕이 나로부터 출발한 게 아니겠지만 오늘도 나는 그 훈훈한 인덕의 기운으로 사는 기쁨을 누릴 수 있다고 믿는다.

응급실 자화상

'현재 의사가 없어요.'

잘못된 정보 때문에 다급한 임산부가 강원도에서 서울까지 무려 200킬로미터가 넘는 길을 헬기로 이송됐다는 기사를 읽었다.

'응급실 뺑뺑이' 사건도 있다. 위중한 5세 아이가 응급실만 무려 5곳을 전전하다 안타깝게도 사망했다는 뉴스다. 요즘 가뜩이나 소아과 병원 입장이 사면초가인 것과는 별개로 사회 구성원의 한 사람으로서 몹시 우울한 사안임이 틀림없다.

며칠 전, 지인이 응급실에서 부당한 일을 당했다며 눈물을 보인 적이 있었는데 남의 일 같지 않다. '응급실 난(어지러울 란亂, 어려울 난難, 둘 다 적용하고 싶다)'에 해당하는 일이라 나 역시 많은 생각에 잠을 이룰 수가 없었다.

S 대학 병원 응급실로 실려 간 적이 있다. 위급함을 넘기고 나니 확 짜증이 밀려왔다. 쇼크 상태인 환자를 대신해서 쏟아지는 질문에 답하랴, 검사를 받기 위한 환자를 보살피다 보면 정작 보호자가 더 먼저 지치기도 하고 또 환자 본인은 원치 않는 마루타가 되기도 하는 곳이다. 그날 나는 곰처럼 참고 또 참다 기어이 응급실로 실려서 갔고 고열과 기침 때문에 격리실에서 이런저런 검사를 받았다. 물론 보호자마저도 통제된 곳이니 발열 탓도 있으나 공포심으로 덜덜 떨고 있다가 다행히 전염병이 아니라 일반실로 옮겨졌고 어느 정도 정신을 차린 뒤에 젊은 의사가 나타났다.

남편이 잠시 원무과에 다니러 간 사이에 여러 가지 질문을 건성으로 던지던 의사는 나의 등 쪽을 서너 차례 두드리며 통증이 있느냐고 물었고 조금 아프다고 대답하자 퉁명스럽게 건넨 말이 이랬다.

"환자분, 신장도 없는데 아플 리가 있습니까? 뭐 또 다른 증상이 있는 건 아니죠."

'뭐지, 이건?'

나는 내 귀를 의심했다. 애초에 관록 있어 보이는 중견 의사를 바란 것도 아니고 헤어스타일이 유난히 패셔너블한 젊은 의사라서 불신한 것도 아니었다. 다만 응급실에 실려 온 지 다섯 시간도 넘었고 이미 기본적인 체크는 모두 다 마친 상황인데도 이토록 의사 태도가 성마를 수 있다니.

그사이 내 곁에 와서 똑같은 질문만 일방적으로 하고 다녀간 의료진이 다섯 명이나 된다. 불행히도 다리를 잃은 환자가 '환상통'을 앓고 있었다면 그야말로 의사의 머리통을 쥐어박을 일이 벌어진 건 아니었을까 싶다. 환자의 치부라면 치부랄 수 있는 걸 이렇게 입 밖에 대수롭잖게 내다니.

나는 겨우 기운을 차려 한마디 건넸다.

"저기요 전절제가 아니고 부분 절제인데요, 그리고 내가 수술한 신장이 오른쪽인지 왼쪽인지는 제대로 아십니까?"

그는 잠시 머쓱해 하더니 자신의 머리카락을 한껏 쓸어올리며 좀 더 경과를 지켜보자며 급하게 자리를 떳다. 나는 멍하니 내 옆구리를 매만지다가 갑자기 또 분노가 치밀어 올랐다. 응급실 내부적인 커버링 시스템을 떠나서 의사가 장기 응급환자의 차트를 기본적으로 파악이나 하고 나타난 건지 강력히 묻고 추궁하고 싶었다.

나는 전문가를 진심으로 존경한다. 만 시간의 기적은 아니더라도 후대에 길이 남을 글을 쓰는 작가도, 타일을 곱게 바르는 노동력도, 남의 돈을 불려주는 재테크 전문가도. 그들의 전문적인 기술과 의술 혹은 재능을 진심으로 신뢰하는 편이다.

모두가 자신의 내공을 쌓기 위해 얼마나 노력하고 애썼을지 조금이나마 알기에 진심으로 인정해 주고 감사하는 자세를 가지고 지냈는데 아픈 마음에 상처까지 덤으로 받았단 느낌을 오래도록 지울 수가 없다. 침상에서 멀어져 가는 그 친구를 바라보며 속으로 혼자 지청구다.

"젊은 의사 선생, 실력보다 자세부터 전문적으로 다시 세팅해 보자고, 젠장 아직은 진정한 전문가가 아니라서 그럴 거야, 인생 전문全文을 다 안 읽은 거라니까." 메르스가 터졌을 즈음의 아주 오래전 일이다.

세월만큼 그가 제발 인성부터 갖추고 기본부터 챙기는 진짜 의사가 되길 바랄 따름이다. 간절히 바라건대 우리나라 응급 센터가 체계적이고 올바른 커버링 시스템을 구축하고 위중한 환자를 자신의 목숨처럼 살펴주었으면 싶다. 물론 이 시간에도 온 힘을 다해서 환자를 위해 애쓰는 모든 의료진에게 감사드리는 바이다.

아끼고 품어보다

애초에 출발할 때 실내복과 속옷이 든 캐리어를 집 현관에 두고 온 걸 숙소에 도착해서야 알았다. 남해에 위치한 '사우스케이프'에는 골프웨어나 스카프 정도를 살 수 있는 숍은 있었으나 따로 쇼핑할 만한 곳이 없어 다시 사천 읍내까지 나왔다.

이왕 나온 김에 읍내 쪽을 두리번거리다가 호텔 안에서 입을 편한 실내복 대신 샀던 '몸뻬'가('일바지'라고 해야 옳단다) 떠올랐다. 어찌나 피부에 착착 감기는지 착용감이 거의 란제리 급이었다. 거기에 가볍고 구김 없는 이런 옷이 왜 겨우 5천 원밖에 안 할까 싶었고 검은 봉지에 돌돌 말아 가지고 온 그 '쫄깃한' 기억으로 이후 그 몸뻬를 자주 애용한다.

원피스나 치마를 잘 입지 않는 나는 집에선 주로 '추리

닝' 바지나 라운드 셔츠를 입는 편인데 여름철에 입었던 반바지를 대신해 그 몸뻬를 다시 꺼내 입으려고 보니 고무줄이 늘어나 바지가 자꾸 벗겨지는 거다.

언젠가 주방에서 일하는 중에 주르륵 흘러내렸다. 발목에 걸쳐진 몸뻬를 보면서 내가 다 웃겨서 데굴데굴 구를 뻔했다. 아무도 없었으니 망정이지. 그나저나 멀쩡한데 단지 고무줄이 헐렁해서 문제다. 바느질이나 손으로 하는 게 영 서툴러서 이토록 부드럽고 예쁜 몸뻬와 이별을 고하면서 버린다고 했더니 남편이 슬쩍 거든다.

"왜 더 입고 싶나?"

"어머머, 자기가 고쳐줄 거야?"

내 말이 떨어지기 무섭게 슬그머니 가져가 멀쩡한 새 걸로 만들어 내놓은 나의 김가이버(추억의 만능 아저씨 맥가이버 버전)다. 새로 탄생한 몸뻬, 일명 일바지는 그렇게 또 내 몸을 부드럽고 포근하고 감싸 준다.

어쩌면 우리는 나름 비싼 옷을 늘 굶기고 싼 옷을 마르고 닳도록 입는가에 대한 의구심을 가지거나, 한 번쯤은 바로 그 오래된 헌 옷에 대한 애착심을 누려 보았을 일이다. 목 라인이 유난히 후줄근하게 늘어난 누렇게 변해버린 흰 티셔츠가 비싸게 주고 산 레이스 예쁘게 달린 블라우스보다 더 요긴하고 손길이 자주 가는 이유를 굳이 말하지 않아도 되는.

계절 바뀐 옷들을 정리하려고 드레스룸을 보니 어쩐지 귀티나고 품격 있는 정장보다 늘 날렵하게 움직이기 좋은 캐주얼한 옷들의 공간이 더 빼곡하다. 그러고 보니 한 번도 입지 않은 니트와 치마까지도……. 살짝 낭비일 수 있다는 반성도 된다.

후줄근하다 못해 누렇게 변한 셔츠이지만 말간 비누 냄새 아니 달큰한 살 냄새 같은 게 느껴지는 낡고 오래된 옷들을 소중히 매만지다 든 생각이다. 사람마다 경제나 청결 기준이며 여행 기준 같은 게 모두 다르겠지만 나는 술값과 책값, 또는 숙소 비용 등에서 일정 부분 꽤 너그럽다.

이왕이면 야박하지 않게 술 한잔 사는 거 참 기분 좋다. 책이야 빌려줬던 게 안 돌아와서도 그렇고 인심 좋게 나누다 보면 나 스스로 편해진다. 어디서 자는가는 뷰에 목숨 거는, 특히 프런트 뷰에 대한 욕심이 앞서서 다소 무리수를 두기도 한다.

그런데 아무리 기를 써도 안 되는 게 딱 하나 있다 '작품값'이다. 일정 부분 타협한다 해도 번번이 좌절하게 하는 그 작품값은 명품백을 대신하지도 않고 심지어 영원히 손에 넣을 수 없는 것도 허다하니 말이다. 손안에 들어온 귀한 것에 대한 애착은 '일바지' 하나로도 얼마든지 유쾌하고 기분 좋은 일이어서 안동 '채화정'에 갔을 때 근처 5일 장에서 거금 5천 원 주고 또 장만했다.

가끔은 아주 이완된 상태에서 편안하게 즐기는 밀리터리룩스러운 일바지, 속칭 몸뻬가 주는 즐거움은 내가 손짓하거나 바란다고 해서 절대 쉽게 내 곁에 올 수 없는, 가까이하기에 너무 먼 당신, 신기루와도 같다.

뭔가를 사거나 주거나 나누고 아끼는 건 어찌 보면 지극하게 그것을 품는 일이기도 하다.

뜬 말

무릎 사이로 고개를 파묻고 끙끙댔다. 눈을 반쯤 감은 것 같은데 작은 움직임이 느껴져서 자세를 바로 하자 다섯 살쯤 돼 보이는 꼬마가 빤히 쳐다보며 물었다.

"아쭘마, 왜 우더요?"

나는 얼른 눈물, 콧물을 닦으며 돌아앉아 손을 내저었다.

"아가야, 어서 저리 가렴, 감기 옮겠다."

보호자로 온 어른들만 빼면 온통 어린이와 아기뿐인 소아과에서 맑은 눈망울들과 만날 수 있는 행운이 싫지 않으나 의사 선생님께서 한마디 거드셨다.

"흠, 오늘은 살 만하신가 보죠, 멀쩡해 보이시네요."

어제까지 가관이었다는 말씀인데, 많이 창피했다. 씨익 웃으며 내일부터는 안 와도 된다고 하셨다. 도저히 아파서 못 견딘 날, 하필 혼자여서 궁여지책으로 바로 집 앞에 있는 소아과로 급히 찾아간 거였고 치료 내내 나는 아기처럼 꼼짝없이 말 잘 듣는 소인국에 간 걸리버 환자 같았다.

대기 시간 동안 조그만 아이들은 고개가 뒤로 30~40도 이상 꺾인 상태로 TV 상자를 올려다보고 있었다. 의자에 앉아서 거의 정면으로 볼 수 있는 거치대가 있었으나 아이들의 손이 닿을까 봐 일부러 높은 쪽에 TV를 배치한 병원 편의적인 인테리어가 다소 마음에 걸렸다. 내일은 올 일이 없으니 오늘 반드시 건의해야 하는데……. 나는 끝내 아무런 말도 못 하고 병원 문을 나서고 말았다.

그렇다. 생각으로 그친 말은 그다지 의미가 없을뿐더러 허공에서 맴돌다 마는 헛기침 같은 거다. 조금만 공을 들여 TV를 아이들의 눈높이에 적당히 맞추고 부딪쳐서 다치기 쉬운 모서리 부분은 뭔가 사고를 예방할 수 있는 재질로 마감할 수도 있다는 걸 말해 주고 싶은 나의 오지랖일 뿐 아무것도 바꿀 수 없는 허상의 메아리다.

별로 크게 문제 삼을 일이 아니니 상관은 없겠지만 이 세상에는 하지 않아서 혹은 하지 못해서 불의가 되거나 부당함 혹은 비상식적으로 본의 아니게 마감 지어지는 일도 너무 많으니 문제다. 세상의 뜬 말은 곧 헛말이고 빈말이다. 소설가 김훈은 자신의 산문에서 이렇게 쓴 적 있다. "논리적인 신음이란 없다. 아픔은 언어화되지 않는다."

내가 아픈 걸 신음으로 이해시킬 수 없듯이 그 어떤 말로도 통점을 정확히 짚어낼 수는 없겠지만 적어도 꺼내 놓은 말이 바른말인지 안 해도 되는 말과 반드시 해야 하는 말에 대한 맥락은 바로 짚어 보고 살 일이지 싶다.

공감 무대

맹랑한 학생이었을까. 중3인 나는 선생님들보다 더 엄격한 통제와 기강을 나 스스로에게 적용하며 아침 자율 학습 시간을 썼던 기억이 있다.

당시 성적순으로 학생들을 상급학교에 진학시켜야 하는 학교로써는 어쨌든 실적이 필요했을 테고(이마저 성인이 된 후의 자각이지만) 그래서 등교 시간을 한 시간 앞당겨 성적이 우수한 학생 중에 국, 영, 수 대표를 뽑아 선생님들을 대신해 같은 반 학우들을 가르치는 방안을 실시했다.

나는 국어를 가르치게 되었는데 수업(나름의 노하우로) 시간에 집중하지 않는 친구나 떠드는 아이들이 있는 경우 당돌하게도 못마땅한 표정을 숨기지 않았다. 다수의 앞에 나서서 뭔가를 발표하거나 주장을 펼칠 때 떨기보다 집중력을 요구하는 시건방진 오만이었겠지만 똑바로 전달하고자 하는 욕심 때문이기도 했다.

추운 겨울에도 반드시 수업을 방해하는 급우를 지적하고 경고하거나 심지어 교실 밖으로 추방했다. 긴 복도는 교실보다 훨씬 추웠고 지나다니는 옆 반 아이들의 놀림거리도 될 수 있는 사안이었으나 신기하게도 이런 내 룰이 통해서 동급생들과 함께 이루어지는 나의 수업 시간은 갈수록 면학 분위기가 잡히고 심지어 반별 경합에서 국어 최우수 성적을 성취하곤 했다.

우린 그때 참 많이 순수하고 맑았던 것 같다. 사실 요즘 같으면 어림도 없을 같은 반 학우가 진행하는 개별 수업이 무탈하게 잘 이루어졌다는 것에 뒤늦게라도 특별한 감사함이 느껴진다.

후일 딸아이가 고1일 때 담임 선생님에게 불려 가 일일 교사 노릇을 할 때도 그 어렵다는 여학생들 특유의 수다와 산만함을 일시에 다잡으며 깨알 같은 강의로(강의라 쓰고 '수다'라 읽는) 추후 예약까지 하고 온 전력이 있다.

그랬던 내가, 많은 사람 앞에서 흔들리지 않는 이야기꾼이었던 내가, 정작 〈문학의 밤〉 행사장에서 시 한 편 낭송하면서 졸도하기 직전 새가슴으로 식은땀만 흘리고 어리바리하다가 내려온 적이 있다.

문학반 회원들은 리허설 때도 곧잘 하더니 왜 그런 거냐며 의아해했다. 그날 나를 통째로 흔든 건 나의 단짝 친구 재경이 오빠와 같은 반인 병호 오빠가 바로 무대 앞 중앙에 하필 앉아 있다는 것이었다. 자작시이기도 했거니와 충분히 외웠으나 1연이 끝나고 2연 첫 행을 낭송하려는 순간 휜칠하고 치아가 유난히 희고 고른 병호 오빠의 웃는 모습을 보자 내 머릿속은 이미 암전 상태가 됐다. 기억하고 싶지 않은 그 날의 악몽은 꽤 오래도록 트라우마가 돼 간단한 인사조차도 하지 못하는 겁쟁이가 될 뻔했지만 서술했듯이 운 좋게도 다시 원래의 나로 돌아왔다.

강의나 대화의 소통이나 반드시 흐름이 있기 마련이다. 성인 이후 숱한 강의를 듣다 보면 이래저래 경청하는 입장에서도 노하우가 생긴다. 영화 전반에 관한 강의를 하는 O 강사는 늘 허공을 쳐다보고 말한다. 강의 내용은 언제나 차고 넘치도록 출중한데 문제는 단 한 번도 수강생을 보는 법이 없고 늘 강의실 뒤의 벽이나 사물을 보는 습관 때문에 그의 탁월한 능력이 묻혀버리는 아쉬움이 있다는 것이다.

갤러리 〈세인〉에서 시리즈로 구성된 마지막 회차 도광환 선생의 미술사 강의가 있었다. 선약 때문에 뒤풀이를 포기하고 바삐 돌아오는 차 안에서 당신의 전공도 아닌 미술 강의에 많은 분이 푹 빠져서 열광하는 이유를 생각해 보니 강의 내내 선생은 수강생들과의 교감에 집중했다. 나의 고교 시절 문학의 밤 행사를 개인적으로 망쳤던 이유와 맞물린다는 생각이다.

청중이 귀 기울여 즐겁게 듣는 모습에서 말하는 이는 비로소 신이 나고, 그 호응이 더 큰 힘이 되어 돌아오는 법이다. 청중 가운데 나의 짝사랑하는 오빠가 슬며시 웃으며 바라보고 있는데 유연하게 시를 낭송할 수 있는 강심장이 아닌 것도, 제아무리 실력 있는 강사라도 수강생과 원활한 호흡 없이 매끄럽게 강의하기 매우 어려운 것도 묘하게 다른 듯 같은 이치다.

'말 잘하기'란 잘 듣는 것 못지않게 중요하지만, 내 말을 들어주는 이가 누구인가 혹은 내가 그 상대와 어떤 맥락으로 호흡을 같이하느냐에 따라서 말의 심도나 품위는 달라질 수밖에 없다.

그 시절 철없는 단발머리의 여학생들은 어쩌면 같이 웃

고 떠들고 스며드는 과정을 늘 함께했기에 또래 소녀는 어설픈 발표 같았을 수업을 허물없이 해냈을 거고, 그랬던 그녀는 지금도 어떤 강의를 듣거나 어떤 자리에서 발표하는 일이 있을 때는 늘 따뜻한 시선과 마주치거나 적절한 공감을 표현하기 위해 노력한다. 그 교감의 출렁거림에 내 영육을 맡겨보려고.

동해에서 즐긴다는 건

　몇십 년을 알고 지내도 의무적인 면식 관계로 일관하거나, 그냥 '넌 거기, 난 여기' 굳이 애틋함 없이도 잘 흘러가는 사이가 있는가 하면, 고작 몇 년도 안 된 누군가와는 밤새도록 이야기해도 화수분처럼 교감이 끝도 없이 솟구치는 관계도 있음을 안다.

　연한이 중요한 건 아니지만 늘 누군가와 소통하면서 첫눈에도 줄줄 살가움이 흐른다거나 묵혀둔 감정에 때가 끼어서 원망의 눈총을 던져주고 미련 없이 사라지고 싶을 때도 있다. 더러 심장을 가누지 못해서 깡충깡충 뛰고 싶어서 자주 찾게 되는 동해 바닷가 어느 한 지점은 친정과도 같고, 근처로 마실 가듯 쉬면서 자주 들르는 곳도 있다.

　하늘과 바다가 여지없이 코발트 빛이었던 날이다. 인상

적인 스케일만큼 인품까지도 충분히 넉넉한 최옥영 관장님께서 맞아 주셔서 특별한 날이기도 하고, 명배우이면서 또 다른 문화예술 전반에 애정이 남다르고 출중한 이재용 선생님도 함께한 날이기도 하다.

그뿐이랴! 눈빛만 봐도 뭐가 필요한지 왜 때문에 슬픈 건지 기쁜지를 알게 하는 미경. 그녀와 〈하슬라아트월드〉의 웅장한 '대지 미술'을 체험했다. 내 눈에는 이미 완성된 설치 작품 공간이라고 여겨졌지만(그도 그럴 것이 '하슬라'는 이미 오래전부터 가끔 드나들던 숙소이기도 했고) 아직도 여전히 진행 중이라는데 그 규모의 방대함과 깊이를 미처 다 깨닫지 못했으나 그저 바라보기만 해도 가슴이 뜨거워졌다.

관장님 말씀으로는 삼척에도 강릉의 〈하슬라아트월드〉와 영월에 있는 〈젊은 달, Y파크〉 그 이상의 대규모 대지 미술 공간을 진행하고 있단다. 삼척에 진행하고 있는 조형물들과 거대 예술 공간을 만나게 될 또 다른 인연이 기대된다.

최옥영 관장님, 배포는 엄청 큰데 영감만큼은 굉장히 디테일하게 오는 분 같다고 느껴진다. 그러고 보니 어느 날 문득 내 곁에 와 살포시 안기는 인연도 있지만 스치듯 지나가는 인연도 있게 마련이다. 하물며 세상의 모든 작품이 꼭 손

안에 들어와야 닿을 수 있는 기적은 허락되지 않을 터, 찬찬히 바라볼 수만 있어도 감히 오감의 '시절 인연'이라고 말하고 싶다.

눈으로 볼 수 있지만 만질 수 없어서, 가질 수 없어서 더 안타까운 탐욕 같은 체험이면 그걸로 또 더 깊어지는 미술관 체험과 작품과 뜨거운 교감. 어떤 누군가를 새로이 가슴 한쪽으로 들여놓는 일도, 혹은 예기치 못한 근사한 작품에 눈을 떼지 못해 발목이 묶이는 것 같은 갈증도 사실은 모두 나와의 교차점이지 싶다.

나는 사람과도 물건과도 어떤 흐름과도 야물지 못해서 꽝인 사람이지만, 닿을 때마다 아니 먼발치에서나마 마주칠 때마다 최선을 다해 잘 안아 주는 법을 배우려고 노력한다. 며칠 동안 어두운 밤 바닷가를 어슬렁거리다 보니 사람도 작품도 저 먼 곳의 물길도 내 안의 심중도 모두 그렇게 욕심만 가지고 다스리거나 만져지지 않는 거라서 더욱 아련해지는 거라는 걸 깨닫는 중이기도 하다.

그 밤 테트라포드 사이로 쏟아지는 파도 소리와 적당히 푸근한 밤바다의 바람결과 잠시 숨어 있는 별빛의 소곤거림까지도, 그 풍성한 어둠이 좋아서 등대까지 몇 번이고 왔다

갔다 했다. 가슴이 마구 일렁인다. 내가 늘 어디론가 떠나려고 기어이 애를 쓰는 이유다.

평생의 동지이든 인생의 선배이든 함께 넘어지면서도 깔깔 웃던 친구들이든 그가 누구이든 혹은 반드시 어디여야 한다는 명분 없이도 나는 나로서 충분하게 즐겨야 하는 게 삶이란 걸 알기 때문이다.

춘천에서의 밤, 애틋하도다

'김진묵 밴드'에서 기타를 치던 청년은 김광석 선생님의 연주하는 두 손가락을 하염없이 미동도 없이 바라본다. 내가 두어 시간 넘게 작은 맥주 하나를 만지작거리며 다 마셔갈 즈음 그가 맥주 한 병을 건넨다. 마치 캔맥주인 양 병째 소주를 마시고 있길래 안주라도 하나 시켜줄까 하다가 몰입하고 있는데 행여 방해인가 싶어 얼른 물을 한 잔 가져다주고 이내 나는 잊어버렸다.

나지막이 기타 연주가 흐르고 분위기에 취해 장난감처럼 애꿎은 술병만 바라보던 중이었는데.

"좀 전에 물, 고마웠습니다, 이거 드세요."

아까 그 청년이 맥주를 내밀며 싱긋 웃고 있는 게 아닌가. 세상에 이런 드라마 같은 일이 내게 일어나다니. 천재적 기타리스트인 김광석 선생님이 테크닉과 손놀림을 배우려는 진중한 그의 의지를 보면서 꿈도, 태도도 잘 가꾼 사람이라고 생각하던 중이다. 아무것도 아닌 일에 자신을 표현할 줄 아는 그 섬세함으로 음악의 꿈을 키우는 거라고 믿게 된다.

분위기에 압도돼서 주인장도 객도 모두 특별한 안주도 없이 술판이 벌어졌던 그 마지막 상에 나는 감사한 마음으로 간단하나마 과일 안주와 함께 한 순배 술이 돌 수 있도록 작은 '골든벨'을 울렸다.

의리 있는 로맨틱한 그 친구는 그룹 스틸하트Steelheart의 리더인 밀젠코 마티예비치Miljenko Matijevic가 부른 〈She's Gone〉을 멋들어지게 불렀고 너나 할 것 없는 노래가 이어졌다. 이곳 춘천의 카페 '호베누'에서의 정서가 오래전 대학가 학사 주점의 낭만만큼이나 알싸하게 다가온다.

살다 보면 풍류를 아는 선비처럼, 점잖거나 로맨틱하거나 신명 나는 뭔가가 어깨를 툭 친다. 더 열중하며 살라고. 못난 사람은 과거만 들추며 사는 거라지만 때때로 지나간 아련한 추억이 지금의 나를 끌어올리는 희망이 되기도 한다.

지금쯤이면 그 반듯하고 진지했던 청년도 누군가의 남편이나 아빠가 돼 있을지도 모른다. 부디 취미든 전업이든 음악과 가까이 접하는 멋진 삶이길 축복하면서!

귀명창인 듯

차량용 바리케이드가 올라가지도 않고, 멀찌감치 식당 앞에 앉아서 귀찮다는 듯 부채질만 하는 아낙이 있을 뿐 그곳엔 더위와 짜증이 병풍처럼 드리워져 있다. 차를 돌려서 나와야 하기에 길이 끝나는 지점에 잠시 차를 세우고 식당 앞으로 나오는 남자분께 여쭸다.

"저기, 식당 영업은 안 하나 봐요? 주차장 개방도 안 하고."

"안 헙니다. 6시 이후엔 2인 이상은 앉지도 몬허구 손님이라 봐야 겨우 한두 테이블일 턴디 전기세도 안 나와요. 점심 장사만 하고 바로 문 닫는다구유."

퉁명스러운 말투지만 그 안에는 한탄스러운 억울함이 묻어났고 오히려 내 쪽에 동의까지 구하는 것처럼 느껴졌다. 순간적이지만 그분은 바로 초입의 식당 사장이었고 나는 얼추 뜨내기손님에 불과한 처지였으나 '코로나'라는 사안만으로도 서로 불편과 걱정을 나누는 사이가 된 셈이다.

"아니, 우덜보구 장사를 하지 말란 얘기 아녀. 둘이 오는 사람들이라 봐야 처녀, 총각 짝지어 오는 거 빼구 맨 가족들인디 거치 않지도 못하게 하니까 다들 나가서 묵자녀. 민박집은 그래두 훨 나은 거구, 우덜은 이래저래 가져다 놓은 생선들 죄다 늘어져 나자빠진다니께."

짧을 줄 알았던 횟집 사장님의 볼멘소리를 한참 듣다 무색해져 나는 텅 빈 주차장만 바라봤다.

"그뿐인 줄 알아요. 공용 주차장은 왜 그렇게 멀리다 맹글어 놨댜. 안 그려도 거그서 여까지 올라믄 을매나 먼디……, 오다가 초입에서 되돌아가는 피서객도 많아요. 행정하는 넘들도 다 모지란 거지 생각이."

나는 충분히 이해하고 고개를 끄덕이며 차에 올라탔다. 동행한 후배가 배고플까 걱정되었지만, 되돌아가기도 애매하고 차량 이동도 여의치 않은 상황에서 섬 안쪽까지 가려면 주차가 문제였다. 난 혹시나 하는 마음으로 말했다.

"저기요, 저쪽 섬의 다리 끝까지만이라도 좀 건너갔다 되돌아서 오면 안 될까요? 얼른 다녀올게요."

될 수 있는 대로 최대한 불쌍한 눈빛으로 간절하게 여쭸고 사장님은 여전히 빨개진 얼굴로 대답한다.

"쩌기까지 얼추 한 시간은 넘게 걸리는데 내 큰맘 먹고 주차 시키는 거니께 암말 말구 편히 댕겨 와유. 대신 오늘 밤 넘기면 안 되고."

유레카! 이왕지사 왔던 길 다시 되돌려 집으로 건너오려면 뭔가 아쉽고 서운했던 차다. 후배가 슬쩍 웃으며 한마디 거든다.

"그럼 저기 건너 섬에서 밥 먹고 와도 되지?"

아무렴. 사장님의 태도를 봐서는 우리가 섬 안에서 민박을 하고 와도 아무 말씀 안 할 것도 같았다. 무사히 늦은 점심을 먹고 저녁놀까지 보고 다시 다리 건너 섬 입구에 와 보니 서너 군데 식당들은 모두 문이 닫혀 있고 주차를 허락한 사장님도 이미 자리를 떴다.

"저 횟집 사장님 말이야, 생면부지인 나한테 분풀이하듯 마구 쏟아붓더니 정서적으로 해감 됐나 봐. 그치?"

후배가 씨익 웃었다.

"선배가 귀명창인 거지."

그랬을까? 답답하고 울화가 치미는 누군가의 얘기에 몰

입할 만큼 내게도 그다지 큰 여유는 없었다. 다만 그분의 주름진 눈언저리와 퀭한 눈빛과 고단하기 이를 데 없어 보였던 투정에 감정이입이 충분해진 까닭일 뿐이다.

긴 코로나 사태에 대응하는 탁상행정에 불과한 관광객 유치 작전과 충분히 계산되지 않은 계도 사항과 현실의 괴리감 같은 거. 누군가는 한 번쯤 되새김해 볼 만한 작금의 사태다. 작은 섬 안쪽에도 겨우 민박 겸 유지를 목적으로 한 식당 두어 군데 문이 열렸고 휴가의 극성수기 기간치고는 너무 썰렁했다.

돌아오는 차 안에서 말없이 운전하며 전방만 주시하던 그녀와 나는 같은 생각을 했나 보다. 우린 동시에 "속상하네" 짧게 한마디를 내뱉었다. 오랜 기간 눈빛만 봐도 서로를 알 수 있었던 동질감 같은 거겠지. 어쩌면 생면부지인 사장은 아주 짧은 순간 내게 숱한 이야기를 성토하듯 쏟아부었던 그 후련했던 교감에서 선심을 쓰듯 자리를 내어 주었을 테고. 사람이 사람에게 마음을 던져줄 때가 얼마나 큰 위안이 되는 건지 나는 알았을 뿐이다.

그가 혹은 그녀가 아무에게도 하지 못한 말을 내게 건네며 아무런 답을 찾을 수 없다 한들 상대가 이미 내게 고요히 자신의 말을 들어달라고 하거나 맞장구쳐달라고 했을 때 나는 들어 주기만 하면 되는 거다.

어차피 '귀명창'은 쉬운 듯 어렵고, 어렵지만 가장 쉬운 일이기도 하다.

삼월이야, 삼월이야

집에서 외출할라치면 반드시 지나쳐야 하는 도로변에서 하얀색 '댕댕이'를 자주 본다. 말이 흰색이지 막 키운 누런 믹스견이다. 시골 장터에서나 봤을 법한 개가(우스갯소리로 '시고르자브종'이라고도 한단다) 사랑스럽다.

유난히 개를 좋아하는 남편과 나는 길가 안쪽에 겨우 차를 세우고 잠시 녀석과 인사를 나누고 있는데 할머니께서 우리에게 아는 체를 하시길래 녀석의 이름을 물었다. '삼월이'란다. 그렇게 해서 오며 가며 삼월이를 봐온 지 몇 년이 흘렀다.

문제는 그 삼월이가 죽거나 사라지고 또 다른 삼월이가 나타나고 또다시 삼월이가 된다는 것이다. 어미의 새끼가 또 삼월이가 되고 또 그 새끼가 삼월이가 되는 대물림이다.

그렇게 "삼월아" 하고 부르면 사라진 삼월이의 또 다른 새끼가 삼월이란 이름으로 불리며 (보통은 차창에서 멀찌감치 있는 녀석을 부르는 정도지만) 대를 이은 녀석들은 마치 자신의 이름이 처음부터 삼월이인 양 도로변 자신의 집 안에 있다가도 얼른 내다보며 꼬리를 흔든다.

정 깊은 남편과 딸은 간식을 사다 주기도 하면서 일부러라도 길가에서 위험천만하게 키워지고 있는 삼월이와의 교감을 나누고 있었다. 며칠 전 오전에 달리는 차 안에서 흘깃 내다보니 녀석이 어디 흙탕물에서 뒹굴었던 것처럼 시커멓게 보였는데 다음날 다시 자세히 보니 아뿔싸, 정체불명인 사람에게 너무 심하게 맞아서 끙끙 앓는 소리를 냈고 송곳니는 꺾인 상태로 밖으로 돌출돼 반쯤 뽑혀 있었다. 아, 삼월아, 이게 무슨 일이라니.

할머님께 들은 바로는 삼월이를 구타하고 도망간 사람이 취객일 거라고 짐작만 할 뿐이고 천만다행으로 같이 있던 깜찍이는(삼월이가 석 달 전에 낳은 새끼다) 용케도 눈치 빠르게 피해서 숨어 있었단다.

아, 여기서 첨언을 하자면 주인장인 할머님은 평소에도 사료가 아닌 잔반을 주시면서 변을 많이 본다고 거의 굶기

다시피 했다. 게다가 모견인 삼월이 만큼은 노상 그곳에서 좀 떨어진 비닐하우스 안채를 지키는 역할을 맡기면서 거의 방치하고 있는 상태였다.

이 모든 걸 녀석이 다치고 나서야 자세히 파악할 수밖에 없었던 우리는 그저 가슴이 먹먹하고 안쓰러웠다. 부랴부랴 이가 부실하고 아픈 녀석을 위해 동물 협회와 방송국에 제보했으나 엄연히 녀석에겐 주인이 있어서 어떤 조치도 불가하다는 대답만 들었다. 다급해진 우리가 할머님께 데려가 치료라도 받게 하고 싶다고 했으나 삼월이는 그곳 파수꾼이라 안 되고 함께 있던 강아지만 키울 테면 데려가란다.

참고로 난 강아지를 키울 만큼 책임감이 강하지도 않고 자신이 없어 그저 외부에서 혹은 애견 카페에서나 보는 거로 만족하며 가끔 애견 호텔처럼 무료로 지인이나 친구의 반려견들을 돌봐 주는 게 전부인데 가슴이 아팠고 몹시 난감했다.

이번 상황을 알게 된 딸아이는 이것저것 챙겨서 할머님께 직접 전해 드릴 편지와 유동식 건공 음식과 영양제를 챙기고 무엇보다 CCTV가 설치됐다는 스티커를 주문해 삼월이가 거주하고 있는 노상의 이곳저곳에 붙여 놓았다.

논술이나 글솜씨가 뛰어났던 딸아이라 할머님이 잘 이해하시도록 담백하게, 알아보기 쉽게 쓴 편지를 보고 감탄했지만 짐짓 "글씨는 좀 더 크게 썼어야지"라며 내가 통박을 부리자 어쩔 줄 몰라 하며 다시 쓴다고 하는 걸 말려야 했다.

절대 반려견은 안 된다는 일종의 합의를 지켜온 우리 가족 셋은 처음으로 삼월이 입양을 잠깐이나마 고민해 봤고 완고한 삼월이 견주인 할머니 태도에 이러지도 저러지도 못하고 있다가 그날 이후 삼월이 후견인 신세가 됐다. 그렇게 냉동실에 채워 둔 유동식 사료와 영양가 있는 간식을 챙겨 준 지도 수개월이다.

다행스럽게도 병원 한 번 가지 못한 녀석은 잘 먹고 잘 견뎌 주었다. 참 대견한 친구 아닌가. 그사이 새끼였던 깜찍이는(딸아이가 지어준 이름) 할머니의 지인에게 입양돼 시골로 갔다고 하니 다행이었고 삼월이가 눈에 띄게 건강을 되찾는 듯해서 우리의 발걸음도 가벼워졌다. 그리고 염려했던 또 다른 사건도 더는 일어나지 않았다. 피범벅으로 망가졌던 털들은 새하얗게 돌아오고 비뚤게 튀어나왔던 이는 스스로 잘 빠져서(발치도 반대하신 견주) 오히려 음식을 더 자유롭게 먹는 것 같다. 감사한 마음으로 며칠에 한 번씩 보러 다니는 중이다.

앗! 그런데 또 삼월이의 젖이 불었다. 어쩌면 좋아? 견주인 할머니께서 몇 해 전 하신 말씀이 떠올라서 실없이 웃다가 나는 이내 슬퍼졌다. 새끼들을 낳으면 그 아이 중에 암컷인 한 녀석은 도로 옆 가장자리에 아주 불편한 환경의 또 다른 삼월이가 될 게 틀림없으니 말이다. 이토록 슬픈 세대교체와 대물림을 어쩌란 말인가.

"긍게, 이 녀석이 여가 묶여 있쟈네. 바람난 수캐가 영락없이 와서 야가 새끼를 낳고 또 낳고 허는디 암것뚜 안 혀두 즈그들이 씨를 뿌려놓게 나는 모르제 암만……."

아, 이건 너무나 끔찍한 블랙코미디 아닌가. 그런저런 이유로 환경의 열악함으로 아무렇게나 자라고 있는 도로변의 삼월이 가족의 대물림을 변화시킬 수 없는 우리네 입장도 입장이지만…… 살짝 옆구리로 흘러가 보자면 모 방송국 막내 작가님, 그렇게 많은 영상과 사진이 첨부된 메시지도 나누고 심지어 통화로 조금만 기다리라고, 마치 방송의 힘으로 다 해결될 것처럼 하더니 나중에 대가는 어이없게도 읽씹(읽고 모른 척 시치미 떼는 상황)이어서 속상했다오.

내가 화가 난 건 촬영까지 가기가 힘든 내용이라서 촬영

자체가 엎어진 거라면 이해를 하겠는데 거절의 방법이 너무 예의가 없다는 거다. 차라리 기다리게 하지 말든가, 희망 고문도 아니고 무책임인지? 방송의 권위적인 태도는 고쳐 나갔으면 좋겠다.

이번에 알게 된 또 다른 사실 하나는 유사 동물보호협회는 무늬만 그러하고 협찬을 빌미로 돈을 요구하는 곳도 많다는 거였다. 관계 부처에서도 면밀하게 검토해 줄 사안이지 싶다.

그나저나 점점 배가 불러오는 삼월이, 겨울도 다가오는데 대책도 없이 또 걱정이다.

어린버이데이

생래적으로 무슨, 무슨 날이라고 이름 붙이는 것에 대해 별로 인식하고 싶지 않은 쪽이다. 물론 형식이 필요한 곳에서 마땅한 형식을 갖추면 의미와 기쁨을 더 배가되긴 하겠지만 말이다. 상대를 위해 반드시 해야 할 인사치레나 예의를 벗어나진 않아도 내 쪽에서 받는 기념일은 진심 어린 축하의 말 외에 이벤트성 선물 같은 것도 별로다.

어린이날 딸아이를 위해 부모인 우리가 그 어떤 것도 불사했던 시절이 있었으니 후회 같은 게 있을 리 없는데, 삐뚤삐뚤 '엄마 사랑해요'라고 쓴 카네이션 꽃을 만들어 와서 건네던, 세상에서 가장 소중한 재롱도 받아보았으니 그때 그것은 지상 최고의 기쁨이기도 했다.

성인이 된 아이의 어린이날은 자연스럽게 없어지고 어

버이날은 여전히 유효하니 이게 우리로선 또 별로다. 어렵사리 낳은 하나밖에 없는 딸아이는 봄 시즌 파티처럼 몰려 있는 자기 아빠 생일에 우리 결혼기념일과 어버이날에 내 생일까지 줄줄이 연결 지어진 기념일들을 단독으로 혼자 챙기기 부담스러울 법한데 참 잘도 해낸다.

어쨌거나 부모 입장에서 혼자뿐인 딸아이의 부담이 늘어나는 게 너무 싫다 해서 '그만 좀 하자, 하나로 차라리 통일하자. 안 그러면 화낸다' 등등 강력한 으름장과 처방을 내놓아도 여전히 딸아이는 요지부동이다.

이번 어버이날을 기점으로 딸과 약속했다. 다소 촌스럽고 안 어울리는 이벤트겠지만 63빌딩에 가서 어린이날을 회상하는 거로 하자고. 이래저래 내가 보고 싶었던 전시까지 누리자는 극적인 타협안이었다. 마침 벼르던 전시가 있었기에 가능했지만 의외로 엉뚱한 곳에서 커다란 행복감이 쏟아졌다.

조그맣게 사랑스러운 아이가 두 눈을 반짝이며 보았던 인어 공주의 '수중 쇼'와 수족관 물고기들의 유영을 바라보고 있었던 그 시절의 나로 돌아가는 기분이었다. 딸은 설렘 가득한 눈으로 어드벤처 예약하기 전에 누차 확인을 한다.

"엄마, 63빌딩 수족관 가면 아기들과 젊은 부모님들만 있을 텐데 괜찮겠어요?"

걱정 가득한 그녀의 기우와는 달리 나와 남편은 손뼉까지 치면서 오히려 새삼스러워 목이 다 멨다. 어린 날의 나의 작은 공주님이 이젠 기운 달리는 엄마의 기사 노릇도 더러 해 주고 뭐든 말 떨어지기 무섭게 뭔가의 바람을 채워 주고 제법 농담 가득한 너스레로 정서를 맞춰주려고 애쓴다.

아빠 닮아 다소 내성적인듯하지만 결정적인 순간에 담대해지는 나의 따님은 63빌딩 높디높은 건물의 근사한 레스토랑 안에서 나와 남편을 바라보며 가장 아름답고 화사하게 웃는다. 이쯤 되면 다 키웠다. 반듯하고 내실 있게. 심장처럼 목숨처럼.

그래 사랑하는 딸아! 이제부터 어린이날과 어버이날을 함께하는 축복 어린 오월의 어느 하루쯤은 〈어린버이데이〉로 하자꾸나.

나만의 독법과 나만의 시선으로

타인에게 던진 실없는 한마디가 정작 그 본인에겐 무의미할 수 있으나 상대에겐 치명적이란 거. 영화 〈더 헌트〉는 그 가해자가 아이일 때는 어른의 발언보다도 더 증폭적일 수 있다는 점을 깨닫게 한다.

덴마크 출신 배우 매즈 미켈슨을 좋아해서 그가 출연한 영화는 거의 다 봤지만 이번에 〈더 헌트〉를 다시 보게 된 데는 그만한 이유도 있었다. 갑자기 내게 접근해서 친한 척하다가, 낯가리는 나의 반응이 본인 성에 안 찼는지 그 이후 나에 대한 근거 없는 이야기를 떠들고 다니는 여성이 있었다.

나보다 나이도 많은 데다가 대내외적 활동을 많이 하는 사람이라서 그냥저냥 조심하긴 했는데 수위가 높아져 조금 신경이 쓰였으나 이내 나는 평정심을 찾았다. 어차피 세상에 절반은 내 편이고 또 세상의 절반쯤은 남의 편일 바에야 (편을 가른다는 표현은 그저 포괄적이지만) 속 끓일 이유도 없었다. 주체는 나이지만 나를 보는 사람에겐 그들만의 또 다른 주체적인 몫일 뿐! 그래서 난 평가에 대해 매우 쿨한 자세를 취하는 버릇이 있다.

다시 돌아와서, 영화 이야기를 더 하자면 〈더 헌트〉는 아니카 베데르코프의 어른스럽고 능청맞은 연기력에 힘입어 계속해서 허언증에 가까운 거짓말로 인한 고통을 당하는 매즈의 일상이 전개된다. 해맑은 거짓에 의한 희생, 게다가 아무 말이나 막 해댄 건 순진무구해 보이는 아이라는 점에서 더 커다란 피해와 상처를 받는다. 무고함에 대해 경종을 울려준 영화 〈더 헌트〉의 평점은 그런대로 평균적인 고점으로 잘 맞아떨어진 듯하다.

6월 내내 무리한 일정을 소화했다. 그래서 7월의 첫 휴일은 가십거리로 딱 들어맞은 영화 〈인민을 위해 복무하라〉를 연이어 시청했다. 옌 렌커의 원작을 오래전에 읽은 나로서는 그 어떤 선입견 없이 볼 수 있어서 좋았고 영화 〈색계〉보다도 딱히 못 할 것도 없고 〈인간 중독〉에 비해서는 오히려 수작이라는 평을 하고 싶다.

그렇다. 주례사 비평에 가까울 만큼 시나 소설 등 문학 전반에 관한 리뷰는 그런대로 선의로 넘쳐나고 광고나 홍보의 성격을 피할 수 없어 천편일률적인 면이 있지만 영화 평점은 그에 비해 비교적 자유로운 것도 같다.

위에서 언급했듯이 입소문으로 수작이라고 알려진 〈더 헌트〉에 대한 평가는 고른 반면에 〈인민을 위해 복무하라〉는 들쑥날쑥 극과 극으로 치닫는다. 유심히 평점에 올려진 댓글을 나름 분석해 본 결과 낮은 점수를 준 사람들은 개연성 부족이나 지나친 선정성 그리고 여자주인공에 대한 연기력 부족이라는 평가가 팽배했고 높은 점수를 준 쪽은 섬세한 인간 심리적 구도와 밑도 끝도 없을 것 같은 불륜을 좀 더 심연의 과정으로 폭넓게 보고자 하는 확장성을 평가했다.

나는?

흠…… 나는 물론 1점과 10점을 널뛰듯이 광폭하고 있는 그 리뷰의 평균점이 5.2였으나 7점은 족히 주고 싶다. 심하게 '에로틱하다'라든가 '불륜적이다'와 같은 룰을 적어도 영화 평점에 개입시키고 싶진 않았다. 나만의 시선과 나만의 독법이 중요하니까.

B급 영화의 선정적인 과장과 지나치게 야한 것도 아닌

데 영화 관계자와 트러블이 있었다거나 개인의 취향으로 인한 무차별적인 성의 없는 리뷰와 평점도 자제하는 편이 좋을 것 같다. 본인 입맛에 맞지 않는다고 사람 평가 함부로 하는 것도 좀 지양하는 게 어떨지.

그 입, 그 손가락, 본인 거라고 함부로 놀릴 일은 아니지 않은가. 고백하는데 남자주인공인 연우진, 이 친구가 매력 있어 보여서 하는 말은 절대 아니다. 나름 진지하게 벗는 연기를 감행했는데, 일부 관객들의 폭언들을 감내하길. 그리고 여주인공이었던 지안, 목소리 참 매력적이다. 지나친 악평에 너무 주눅 들지 말길 바라며 이번 영화에 대한 편애 어린(?) 리뷰를 마친다.

견공의 산책길

나만의 가설이지만 애견과 견주는 대부분 닮았다. 개와
사람이 함께 살다 보니 닮아가는 건지 모르지만 심지어 외
모에서 풍기는 이미지는 별개라 치더라도 성격의 경우 비슷
한 예를 많이 본다.

선배 S는 마른 체형에 매우 예민한 편인데 그 집 애견 '까
망'은 마른 것도 예민한 것도, 게다가 영민한 것까지 완벽하
게 일치한다. 견주인 그녀가 가끔 얄미울 땐 녀석의 그 까칠
함까지도 보기 싫어지는 건 인지상정인지.

또 다른 친구 H는 퉁퉁하고 무던한 편인데 함께 사는 '행
주'는 잠보에 미련하기까지……. 게다가 먹성까지도 그녀
버금간다. 오죽하면 그녀가 우리 집 식비는 행주랑 나 때문
에 엥겔지수 올라간다고 툴툴거릴 지경이다.

'마리'는 K 후배의 애견인데 그녀가 여행 중 잠시 맡았었다. 어찌나 눈길 한번 안 주던지 녀석은 갈 때까지 찬바람 쌩쌩 날리고 침대 위에서만 공주처럼 우아함을 떨었다. 후배 K에게는 미안하지만 난 족보 있는 아이들보다 시골 장터에서 본 듯한 믹스견에 더 마음이 쓰인다.

순정한 눈망울로 녀석들이 투박한 발을 들어 올리며 '날 좀 데려가 주세요'라며 낑낑거리는 모습을 보면 이내 가슴이 무너진다. 마당 있는 집에서 살게 되면 꼭 누렁이도 덕구도 칠복이도…… 모두 데려다 키우고 싶은데.

각설하고 제발 반려견들과 운동하려면 아이들의 덩치와 보폭과 체력을 배려해 기준을 정해 주면 좋겠다. 깡마르고 인형같이 작은 아이를 두 시간이 넘도록 무리하게 빠른 걸음으로 속도를 독려하며 강도 높은 산책을 하는 견주는 조금 생각해 볼 일이다. 들어도 한 줌밖에 안 되는 녀석들의 밤톨만 한 발바닥이 행여 부르튼 건 아닌지?

더러 과체중이 이미 심각한 강아지를 유모차에 싣고 관광하듯 애지중지하는 경우도 보는데, 사랑이 넘쳐나는 모습이지만 견주가 지나치게 나태하게 걷는 모습을 보면 어느 한쪽으로 치우친 듯해서 아쉽다. 놀랍게도 유모차에서 내려올 생각을 안 하는 녀석들은 아프거나 걸을 수 없는 상태가 아닌 평범한 강아지들이 대부분이다. 게으르다 싶을 만큼 유모차 안에서 졸고 있는 한 덩치 하는 녀석의 건강은 정말 괜찮은 건지?

이게 다 오지랖이고 강아지를 직접 키우지 않는 사람으로서 갖는 한가한 푸념인지는 모르나 예전에도 앞으로도 나는 언제든 마음 편히 먹여 주고 재워주는 뜨내기 애견 호텔 주인장이다. 물론 지인에게만 대가 없이 베푸는 나만의 대리 만족이다.

예전에 잠시지만 '삐빠빠 룰라'라고 불리던 강아지를 책임지지 못했던 자책으로 가족 모두 함부로 반려견을 들일 생각을 비웠다. 참다운 애견인이 아닌 관망하는 사람의 입장으로 쓴 글이라 다소 기우에 불과한 일일 수도 있겠지만 녀석들의 균형에 맞는 산책이나 운동이 되길 바라는 마음 가득하다.

사근사근 유연하게

본의 아니게 작은 공간에 두 팀이 있게 됐다.

난 잠시 혼자였고 옆쪽은 두 사람이 함께였는데 공간이 협소해서 아주 작은 목소리로 대화를 나누어도 들릴 수밖에 없는 상황. 그냥 한마디로 표현하자면 그 커플은 꽁냥꽁냥이었고 특히 여성은 약간의 비음 섞인 목소리로 줄곧 자신의 의사를 예쁘게 표현을 했다.

사소한 동작에도 '고마워요'나 '미안해요'라는 표현을 마치 조건반사처럼 자주 사용하는데, 중간중간 '어머머'라든지 '아휴' 등의 감탄하는 말씨로 상대방을 기분 좋게 하는 매력은 덤이었다. 그녀의 목소리가 꾀꼬리같이 곱지는 않았으나 매우 칭찬해 주고 싶은 상냥한 어투를 습관처럼 지닌 듯했다.

나라면 죽었다 깨어나도 하지 못할 말투다. 애초에 태어나길 목소리도 다소 큰 편이어서, 굳이 입바른 소리만 하는 친한 친구들의 말을 빌리자면 너무 똑 부러진 말투여서 얄미울 지경이란다. 할 말은 야무지게 잘하지만 매우 교과서적이고 건조하다는 거다. 요약하지만 인간미 넘치거나 애교스럽기보다 오히려 여지가 없는 말씨를 가진 나로서는 저런 태도와 말씨를 지닌 여성이 부럽다.

조금 늦게 나타난 남편이 빙그레 웃으며 들어오다가 내게 물었다.

"괜찮아?"

나는 냉큼 "보면 몰라?"라고 빠르게 대답하며 이내 후회했다.

"물론이지, 괜찮고, 말고."

뭐 이쯤은 해야 하는 게 아닌가? 활짝 웃으면서 부드럽게 말하는 것도 훈련이겠지만 유연한 마음가짐이 필요한 때이다. "사람 절대 안 바뀐다니까, 절대로!"라고 외치며 면죄부 받을 생각일랑 갖지 말아야겠다고 슬그머니 꼬리를 내렸다. 이런 날은 괜한 생각들로 우울해지기도 했다.

슬프거나 아플 때는 양팔을 서로 교차해 내 어깨를 스스로 감싼다. 가끔은 나의 한쪽 손으로 반대편 어깨를 토닥이기도 하고……. 마음이 복잡할 때나 화가 치밀어 오르면 눈을 감고 슬며시 입꼬리를 올린다. 그렇게 가만히만 있어도 미소 짓는 듯한 모습으로 변환돼 평정을 찾기도 한다.

잠시 언짢은 일이 생겨서 속상한데 조용히 눈을 감고 입꼬리를 있는 힘껏 쭈욱 올렸다. 마음이 풀릴 줄 알았는데 깨어보니 아침이었다. 흠, 역시 효과 만점이야. 아니, 하다 보니 최면뿐만 아니라 수면 유도까지 되는 거였네. 살다 보면 타인과 상관없이 본인 스스로 옹졸해지거나 비루해질 때가 있는 법이다.

어리석게 오만할 때는 아무리 명상을 하고 고개를 숙여봐도 송곳처럼 나대던 못된 감정 곡선들을 이젠 그나마 주저앉힐 줄도 알게 된 것 같아 다행이지 싶다. 수면 유도제 없이도 수면 리듬을 잘 유지하고 밤늦게 커피 한 사발 마시고도 끄떡없이 쿨쿨 잘 수 있는 것만으로도 감사하다.

그나저나 불편했던 마음은 뭐였더라? 그렇지 말투는 '사근사근 부드럽게, 마음은 언제나 유연하게' 그거면 됐다.

늦덕에 빠져봅시다

    31살 새댁의 고민이다. 들어 보니 '늦덕'이란 것에 빠져 남편의 동의와 협조를 원하고 있지만 요원하고 어려운 일이란다. 나는 그녀에게 늦기는커녕 충분히 가능한 나이며 남편의 동의는 반드시 구해야 하는 건 아닐 거라는 응원 아닌 응원을 해 주었다.

    그녀의 덕질(어떤 분야를 열성적으로 좋아해서 그에 관한 걸 깊이 파고들고 따르는 일) 상대는 아이돌 그룹의 한 멤버인 어느 미소년이다. 생각해 보니 나조차 '덕질'이란 걸 제대로 해본 적이 있었나 싶고, 덕질 자체에 나이 제한이란 걸 고려할 필요도 없어 보이긴 하다. 엄밀히 말하면 반드시 어떤 연예인이나 작가나 예술인이 아니더라도 뭔가에 미친 듯이 빠져본 경험이나 최애하는 걸 절대로 포기하지 않을 의지를 실현해 보지는 못했다.

그나마 새댁의 덕질 고민 덕분에 돌아보는 시간이다. 잠시나마 다시 못 할 덕질 아닌 덕질로 행복했고 아찔했던……. 막상 덕질이라고 하기엔 지나치게 이성이 마비됐고 이성을 되찾고 보니 그건 덕질이라기보다 불쑥 찾아온 불시의 '날갯짓' 같았던……. 엄청난 고도로 내달리는 비행이었다.

시를 시답게 써 보고 싶었던 차고 넘치는 열망으로 좌절했던 궤도를 바꿔 다시 새로운 일생의 덕질다운 덕질을 지금부터 해 봐야겠다. 비록 체력이 바닥이고 워낙 약체여서 순례길 걷기도, 배낭여행도 요원하지만 조금씩 실천해 봐야겠다.

이 늦은 나의 덕질이 어떤 날은 나 혼자, 어떤 날은 가족과, 또 어느 곳에선 흠뻑 서로를 격려하며 지인과 친구들과 도반과 함께 공유하는 기쁨으로 치유되길 바라며 마주 보고 앉아 있는 사람들과도 섞이고 마음속으로 흐르는 '그' 혹은 '그녀'와도 섞이고 지금 당장 마주칠 '너'와도 함께 섞일 일이다.

덕질, 그래 뭐든지 제대로 한번 해보자. 이제 고작 서른 초입의 새댁에게 결코 늦덕이 아닌 새로운 희망이라고 말해 주었으나 오! 따지고 보니 늦게 시작한 덕질을 '늦덕'이라고 한다지만 결코 늦게 배운 도둑질은 아니다. '늦덕'이든 '덕질'이든 빠져드는 순간 나를 만화경으로 안내하는 요지경 속이 된다고 믿고 일단 가보는 거다. 조급해하면서 평상심을 해치기보다는 속도를 알맞게 적용하면서 동료나 가족들에게 응원받으면서 말이다. 나의 덕질이 이웃에게 전염되고 확장되면 이보다 좋은 일이 또 있을까.

스리의 아픔을 아는가

밥 먹다 말고 곧잘 외마디 소리를 지르는 남편. 영문도 모른 채 놀라서 물어보면 입안 어딘가를 자신의 치아로 깨물어 아프단다. 도무지 이해가 안 가서 무슨 소리냐고 물어보면 저작 운동 중에 음식이 뺨 안쪽과 혀 사이에서 씹히는 동안 이가 입안 벽의 어딘가를 자신도 모르게 깨물었단다.

신기한 것은 깨물리는 부위를 반복적으로 깨물게 돼서 피가 나고 붓기도 하는데 정작 본인의 의지와 상관없이 이런 일이 자주 일어난다는 게 도통 이해가 안 되며 대체 저 상황은 무얼까 원인을 찾다 보니 공교롭게 그 상황을 '스리'라고 한다는 걸 알았다.

남편을 우스갯소리로 '스리쟁이'라고 부르기도 하고 별로 대수롭지 않은 일이라고 생각했는데 '나 짚어 남'이라 했던가. 밥 먹다 말고 소리도 없이 볼 안쪽이나 혀를 깨무는 남편을 놀리기도 하면서 체득하지 못했던 어느 날, 나도 처음으로 내 치아로 내 볼 안쪽을 깨물었다. 묘하게도 처음이 어렵지, 깨물린 곳에 또 정확히 같은 부위에 스리가 생기고 보니 여간 고통스러운 게 아니었다. 남편의 스리를 보고 웃었던 내가 볼 안쪽에 상처를 훈장처럼 달고 동병상련을 느끼게 될 줄이야.

나도, 남편도 식탐이 있거나 급히 먹는 성향도 아닌데 뭔가를 씹다가 자신의 이로 입 안쪽 살이나 혀를 깨문다는 게 도무지 이해가 안 됐다. 하지만 순간적으로 물린 볼 안쪽은 파랗게 피멍이 들고 겹쳐서 재차 씹힌 것 같은 부위가 살짝 부어오르기도 하는데 이런 스리 현상이 이젠 내게로 고스란히 전염(?)된 것이었다.

이후로 그가 오히려 괜찮아진 것도 의문이다. '스리'의 사전적 의미는 '음식을 먹다가 볼을 깨물어 생긴 상처'라고 간단히 명명돼 있으나 간혹 혀를 씹혀서 나는 상처와 크게 다르지 않은 거로 봐서 통칭의 의미로 '음식을 먹다가 볼이나 혀를 깨물어 생긴 상처'로 설명해야 할 것 같다.

'절대로'라는 조건절이 있다. 우리는 알게 모르게 '나는 절대로 그럴 리가 없다'라며 호언장담한다. 혹은 "절대로 뭐 뭐 한다, 절대로 그렇게는 하지 않는다"라는 등의 확신과 단정을 짓는다. 은연중에 '절대로'를 부르짖는 일이 다반사다. 작년에 나는 '스리'라는 낯선 경험을 통해서 '절대로'의 늪에서 헤매다가 깨달았다.

스리가 내게 오듯 뭔가가 내게는 당연한 게 누군가에게는 당연하지 않을 그런……. 절대로! 세상에는 '절대로'로 단정 지을 수 있는 건 없지 싶다.

어쩌면. 아이러니하게도.

지키라고 있는 약속

징크스가 있다. 엄밀히 말하면 시간에 대한 징크스일 수도. 해서 나는 어떤 약속이든 시간을 충분히 여유 있게 두고 출발하거나 불발에 그칠 약속은 웬만하면 하지 않으려고 애쓴다.

언젠가 서울 모처에서 자선 음악회에 초대받았는데 모임 장소가 초행이라 일찍 서둘러 도착했다. 혹여 길에서 헤매거나 지체되면 낭패일 것도 같았고 나로 인해 함께 오시기로 한 이 선생님께도 예의가 아닐 듯해서였다. 이런 경우 나는 일단 목적지를 파악하고 나서 근처 가까운 카페 같은 곳에서 커피를 마신다거나 책을 보거나 비어 있는 시간을 메꾼다. 그리고 산뜻하게 정시 5분 전쯤 나타난다. 나만의 룰인 셈이다.

그날도 눈누날라 카페에 앉아 있는데 벨이 울리고 통화가 끝나자 이 선생님께서 근처에 볼일이 있어 오다 보니 일찍 도착했다는 게 아닌가, 그리고 바로 그 카페로 오셨다. 그분과 커피를 마시며 담소를 나누고 여유롭게 약속 장소로 이동해서 그날의 일정을 잘 소화했던 기억이 새롭다. 이름만 대면 '아하' 하고 바로 유레카를 외칠 수 있는 대배우님과의 유익한 데이트는 그렇게 약속 시간에 대한 나의 기특한 룰에 대한 보상처럼 주어졌고 그래서 더 즐거웠다.

전에도 늘 그렇게 해왔으나 이후에도 나는 가능한 한 항상 약속 장소 근처에서 나만의 루틴처럼 편안한 여유를 누리는 시간을 스스로 만족해한다. 반대로 살다 보면 내 의지와 전혀 상관없이 약속에 늦어지게 되는 상황이 벌어지는 웃지 못할 일도 있다.

평소 좋아하던 작가님의 전시 마감을 앞두고 이제나저제나 갈 수 있으려나 호시탐탐 일정을 맞추다가 하필 좀 빠듯한 상황에서 전시 마감 시간을 넘기지 않으려고 허겁지겁 주차하다가 주차 스마트 차단기를 일부 훼손시키는 상황이 벌어졌다. 그날 나를 배려해서 데려다준 남편은 원래가 매우 신중한 사람인데 내게 오히려 미안하다고 했고, 난 또 당신이 무슨 죄냐며 저놈의 앉은뱅이 차단기가 문제라며 서로를 멋지게 감싸 안으며 일을 처리했다. 하지만 나름의 출혈은 컸다.

이런 경우 어쨌든 10분 만이라도 더 여유로웠다면 어땠을까 싶다. 애초에 무리한 일정을 소화하려고 욕심낸 나의 책임이다. 그런데 아무튼 전시회엔 갈 수 없는 상황이 돼버려 아파서, 많이 아파서 의지와 상관없이 약속한 일정을 소화할 수 없게 되어 구차한 변명처럼 정중한 사과의 뜻을 담아 불참할 수밖에 없다는 글을 보냈다.

괜찮다는 답글까지는 위안이 되는데 뭔가 질책하는 듯한 혹은 성의 없는 답글을 보면서 씁쓸했다.

"너 괜찮은 거니?"

"아프지 마." 혹은 "어서 나아라."

정도의 따뜻한 답글을 바란 거라면 지나친 욕심이었을까? 물론 상습적인 약속 불이행자라면 문제가 다르겠지만 늘 자신에 대해 엄격한 편이라서 상대에게도 엄격하거나 혹은 이상적인 걸 바라는 못난 습성이 있음을 고백한다. 어차피 '약속'이란 건 머피의 법칙처럼 기대 이하나 이상의 터널을 지나는 거다.

글을 쓰는 이 순간도 고열과 두통이 좀 수그러들자 내일 약속을 또 걱정하는 중이기도 하다.

아름다움을 보는 눈

　남편은 눈썰미가 지나칠 정도로 좋다. 아니 거의 전광석화로 주변을 빠르게 스캔하는 능력자라고 해도 과언이 아니다. 운전하면서도 조수석 쪽으로 걸어가는 여인의 엉덩이가 '짝궁둥이'라고 하면 영락없었고 '한번 스쳐 지나가듯 본 사람의 왼쪽 턱 밑에 사마귀가 있다'라고 기억해 놓고 나중에 보면 정말 그랬다.

　그런 그와 나는 취향도 비슷하고 엄밀히 말하면 심미안도 서로 딱 맞아떨어진다. 초록이 동색이라고 부부가 거의 같은 분위기를 즐기기도 하니 악의 없이 품평하듯 때로 사람에 대한 느낌도 주거니 받거니 할 때가 있다. 변명 같지만 드러내 놓고 특정한 사람을 흉보자고 하는 말이 아니라 부부끼리 나누는 평범한 수다이기도 하고. 이해하기 쉽게 예를 들자면, 남편은 최명길 님이나 이미숙 님처럼 선이 굵은 여성이 아름답다면서 그렇지 않은 여배우들은 예쁜 줄 모르겠다고 했는데, 나 역시 그 심미안에 동의하는 식이다.

어쩌다 길을 걷다 내가 "저 남자, 참 매력적이다"라고 코멘트하면 "어, 그러네. 어깨선이 아주 매끈한데"라며 오히려 한술 더 뜬다. 그런 그가 식당에 앉아 반대편 개수대 쪽에서 일을 거드느라 고개 숙이고 일하던 한 여성을 보고 이내 내게 말을 건넸다.

"저, 여자분 말이야 얼굴이 갸름하고 참하게 예쁘네."

나는 넌지시 고개를 돌려 그녀를 봤고(내 눈썰미도 냉정하게 야무지다고 생각하며) 속사포처럼 다음과 같이 멘트를 날렸다.

"와우, 천하의 ○○씨 미적 감각도 이제 한물갔네, 그러니까 내 말은 자기 평균 눈높이가 매우 낮아졌다는 말이지."

맹세코 죄없이 아무것도 모르는 초면의 그녀를 품평하려는 건 아니다. 냉정히 말하면 남편이나 나나 이제 적당히 노안도 왔고 이제 우리와 비슷한 연배의 여인이 아닌 다음에야 남편으로서는 나이 어린 여성이면 무조건 무난하고 예뻐 보일 확률이 더 크다는 것이다.

장담컨대 남편이 아름다운 여성을 극찬하면 나도 늘 동

의했던 터라 내 반론에는 하나도 질투나 시샘이 없다는 걸 그도 알고 있다. 머쓱해진 그가 말없이 웃었다. 계산을 치르고 나올 때 계산대 앞의 면전에서 보게 된 그 젊은 여성은 일반적인 보통의 얼굴이었고 예전처럼 칭찬할 정도의 미모가 아니었음을 남편도 바로 인정했다. 멀쩡한 여인을 곱네 마네 평판을 하게 만든 게 나이 먹은 중년 남성의 안 좋아진 시력과 평균적인 미적 기준의 쇠락을 이야기한다면 너무 억지였을까?

비근한 예로 나 역시 아주 근사하게 잘 차려입은 '로맨스 그레이'를 보면 멋지다고 바라보면서도 아무렇게나 셔츠 하나 걸쳤을 뿐인데 해맑게 건강해 보이는 젊은 친구가 훨씬 더 예뻐 보이는 건 어쩔 수 없는 일이기도 하다.

어릴 적 내게 툭하면 '좋을 때다' 마냥 예쁘다고 칭찬해주던 어르신들의 말을 전혀 믿지 않았으나 이젠 그 말이 실은 젊음에 대한 '예찬'이었음을 깨닫는다. 번개처럼 빠르던 남편의 안목도, 귀신같이 찾아내던 아름다운 구심점도 사실은 세월 속에서 무뎌지고 낡아지고 있음을 문득 깨닫고 든 생각이다.

보통이든 그 이상을 넘어서거나 미의 기준도, 젊음의 기준도 결국 각자의 몫일 뿐 심미안의 속도와 완성도에 함부로 간섭할 일은 아니지 싶다.

언어에 대한 예의

전체 맥락을 펼치지 않은 상태에 '혼쭐'로 읽고 혼자 웃었다. 차분히 내용을 이해하고 나서 '돈쭐'을 응원한다. 읽히는 습관 탓이다.

식당을 운영하는 한 업주가 돈이 없어 먹지 못하는 소년에게 무상으로 맛난 음식을 제공해 준 선행이 보도되자 여기저기서 그 식당의 매상을 올려주는 사례를 '돈쭐'이라고 표현했나 보다. 신조어에 민감하지 않은 난 습관처럼 혼쭐로 읽은 것이다.

오며 가며 차 안에서 몇 번 본 적이 있는 식당이 있다. 남편이 퇴근하면서 간단하게 한잔하자는.

"거기 있지, 그때 가볼까 했던 '제주 은갈치'로 와."

"아, 우리가 가보고 싶었던 거기 말이지? 제주 은갈치, 알았어요."

아뿔싸…… 막상 가보니 '제주 은희네'이다.

"아니 자기는 왜 멀쩡한 남의 식당 이름 은희네를 은갈치라고 했어?"

슬쩍 남편 탓을 하자 그가 씨익 웃는다.

"흠, 그게 말이지, 제주 하면 은갈치 아냐? 당연히 은갈치인 줄 알았던 거지. 하하하."

나나 남편이나 모두 선입견에서 비롯된 거다. 막연한데 오래도록 머리에서 떠나지 않을 굳어진 고정관념에서 비롯된 작은 착오여서 다행이지만 결코 쉽게 바뀌지 않을 나이든 습관 같은 거다.

다른 맥락이긴 하지만 이런 경우는 또 산뜻해지는 느낌이 든다.

어떤 자동차 뒷 유리에 〈결'초보'은〉으로 크게 써 붙인걸 보았다. 운전자의 반짝이는 아이디어가 눈길을 끌며 초보 운전자에 대해 자연스럽게 면죄부를 주고 싶게 하는, 초보에 초점을 맞추면서도 양보해 주는 상대에게 고마움을 잊지 않겠다는 발상이 깜찍하고 유쾌하다.

기본 의사 전달인 '초보운전'이라고 달랑 쓰고 무법지처럼 달리는 쪽보다 훨씬 더 유순한 양보가 가능해지는 전달력이다. 한자와는 뜻이 다른 동음이지만 보는 순간 나도 모르게 마음이 환해진다. 이쯤이면 언어유희가 아니라 '언어의 힘'이라고 믿고 싶다.

눈치채신 분도 있을지 모르지만 난 연세가 지긋하신 분께는 선생님이라는 호칭을 원칙으로 하고 반복적이거나 혹은 시간관계상 짧게 사용하게 되는 경우에만 축약의 의미로 샘이라고 더러 사용하는 편이다. 내가 알고 있는 첫 호칭이 교수님이었을 경우에는 습관상 바꾸지는 않지만 샘과 선생님과 교수님에 대한 세 호칭은 나름의 '언어의 예'를 스스로 누리고자 한다.

말과 글, 상대에 대한 예우도 있지만 내가 정한 원칙에 의해 사용하는 나만의 약속된 은밀한 루틴도 있다. 누군가에게만 전할 수 있는 초콜릿처럼 달콤한 감각적 언어의 마술 같은 한마디를 세상 밖으로 꺼내 놓으며 웃을 수 있는 '말잔치'는 신나게 재잘거릴 수도 있고 사회적 범주 안에서 통용하는 말과 글에 기본적인 틀은 최소한 지키고 싶은 욕심이다.

분노 게이지

삶이 신산하고 원망에 가득 찬 사람이 분노하는 것과 가진 게 많거나 크게 낙담해 본 적이 없는 사람의 분노는 조금 다른 양상을 보이는 것 같다. 전자가 분노를 표출하는 경우 그 감정의 세기가 너무 그악스러워서 전달은 빠르게 되는 대신, 못 볼 걸 본 것마냥 불쾌감이 생기는 건 어쩔 수 없다. 대신에 후자의 사람은 자칫하면 공감을 잃게 하거나 해맑은 (백치미랄까) 비애감을 남기게 된다.

아, 물론 일반화의 오류를 범하고자 하는 말은 더더욱 아니다. 예외를 찾기보다 다수의 그러한 기질적 특징이 눈에 띄었는데 개인적으로 양쪽 모두에 화가 나서 기술하는 거다.

요즘 〈마당이 있는 집〉이란 드라마에 발목이 잡혔다. 엄밀히 말하면 이미 수년 전 김지영 작가의 원작 소설을 재미

있게 읽었던 터라 이번에 뮤지컬 쪽에 나의 최애인 '쳐재림'이 비중 있는 역할로 캐스팅됐다길래 일부러 찾아서 보게 된 거다.

8부작이어서 4회차까지 봤으니 이제 막 중반부로 건너가는 시점인데 소설 속의 결말을 익히 아는 터라 드라마로써 어떤 엔딩으로 마감할지는 굳이 논할 필요가 없지 싶다. 다만 초점이 꽂힌 건 소설로 표현한 삶의 곡진함과 극악한 액션이나 분노에 찬 시선 처리가, 열연해 준 배우들에 의해서 새삼 그 깊이가 달라지는 지점이다.

문장으로도 익히 알아챌 수 있는 긴장감이나 정점이 드라마로 완성되면서 묘하게 다시 뒤틀리는 부분까지도 얼개가 된다. 배우 김태희가 부유층인 문주란 역이었고 불행 속에서 더 큰 수렁으로 빠지는 추상은 역은 임지연이 맡았는데 그녀의 연기에 놀라울 정도로 몰입이 된다.

김태희는 예전에 '발연기'란 오명과 다르게 차분하지만 맹할 만큼 해맑은 문주란이란 역할을 그런대로 소화해 내고 있다. 다만 답답하면서도 다소 내성적이고 트라우마를 삼키고 있는 속사정을 표현하기엔 그녀의 분노가 너무 어리숙하고 설득력이 모자라다.

반면에 최재림의 아내로서 구타와 임신한 몸으로 매번 부당한 대우를 받다가 결국은 남편의 죽음으로 새롭게 인생 전환하고자 최악으로 치닫는 열연을 해준 '임지연'이란 배우에 호기심이 생긴다. 스릴러 소설이지만 이면에 사람이 얼마나 가증스러운지 끔찍할 정도로 심리적인 포착을 잘 끌어냈던 소설, 그리고 그 스토리 안에 캐릭터를 극본으로 잘 펼쳐놓은 드라마 속에서의 두 여주인공의 활약이 새삼스럽다.

다소 억지스러운 설정 몇 군데를 벗어나 남편의 사망과 별개로 짜장면과 군만두를 시켜서 게걸스럽게 먹어 치우거나 -일명 '남편 사망 정식'이라고 명명된다- 독백처럼 고래고래 소리 지르면서도 끝까지 한몫 챙겨보자고 덤비는 임지연의 분노가 너무 그악해서 보기 싫었다.

그걸 '보기 싫다'라고 일축한 내 정신상태가 옳지 않다 생각하는 순간 남편의 사생활이 궁금해져 뒷조사하기 위해 길을 나선 김태희의 거추장스러울 만큼 화려한 복장이 또 '옳지 않아서' 슬며시 태클 걸며 보게 되는 드라마다.

분노라는 건 사실 컨트롤이 가능한 것도 아니고 무게를 재서 나눌 것도 아니다. 그냥 분노는 분노일 뿐. 살아가면서 스스로 몸에 밴 어떤 코드처럼 저마다 일정하게 자리 잡은 태도와 분노 게이지가 있을 거라는데 접점을 찾으며 마저 남은 시리즈도 관전해야겠다. 어차피 드라마도 하나의 일상에서 모티브를 찾듯 나 또한 그 드라마에서 삶의 힌트 하나 정도는 얻게 될 테니까.

미워도 다시 한번

법고가 울리자 닫혔던 숨구멍들이 일제히 열린다.

'잘못했습니다, 잘못했습니다, 제가 지은 죄를 모두 용서해 주세요.' 사무친 마음도 없이 눈물이 왈칵 솟구친다. 행여 일행이 눈치챌까, 대웅전 뒤쪽 깊숙한 곳으로 숨어든 곳에서도 하늘은 무심히 열려 있다. '부석浮石'이라 쓰인 뜬 바위 앞에서도 보이지 않는 울림이 거대하게 가슴을 밀치고 쓸어내린다.

사물四物을 울리는 스님은 뜻밖에 보살과 사사로운 말을 주거니 받거니 하면서 건성으로 북을 치거나 운판을 두드리는 것처럼 보였다. 아무렴, 자명종처럼 예불을 알리는 의식이 스님에게는 일상이고 처음 듣는 나로서는 경이롭다. 준엄한 표정으로 몰두할 것이라고 기대했던 스님도 언뜻 사람이구나 싶으면서도 밉살스럽다. 사소하게 잠시 미운 것이야 어쩌랴. 부처의 뜻을 받아 승복을 입은 사람이나 한 치 앞을 모르는 범부가 대웅전 넓은 뜰 안에서 평온하게 가느다란 호흡을 맞춘다.

아침 방송에서 한 카운슬러가 보여준 삽화가 머릿속에서 내내 지워지지 않는다. 땅속 깊은 웅덩이 안에서 삽으로 연신 흙을 파내는 여인은 땀범벅인 얼굴로 잔뜩 이지러지고 고통스러운 표정이었으나 땅 위에서 유유자적 뒷짐 짓고 있는 사내는 천하에 태평스러운 모습이다.

바람피운 남편을 용서하지 못하는 아내가 미움에 쌓여 스스로 파 놓은 웅덩이에 갇혀 있지만 정작 바람피운 사내는 아내와 무관하게 여유를 부리고 있다는 걸 상징한다. 미움이 깊으면 끝없는 감정에 휩싸여 스스로 족쇄를 차듯 자신만 황폐해지고 용서받지 못할 것 같은 사람은 엉뚱하게도 자유로울 수 있다는 얘기다. 미워하지 말고 가뿐하게 용서하든가 미운 감정을 슬기롭게 조절하라는 조언이기도 하다. 카운슬러의 장황한 말보다 삽화 한 장이 주는 의미가 더 크게 전해진다.

사업상 동업 중인 지인이 모든 권한을 가지고 잠적했다.

일의 성사를 떠나 상대가 전화조차 받지 않자 불안하고 초조한 가운데 몇 달을 끙끙 앓아야 했다. 단순히 걱정되고 미워하기를 반복하다 급기야 상대를 용서할 수 없어 마음의 병이 되었다. 평소 신의가 깊은 사람이었기 때문에 미움의 크기가 활화산처럼 부풀어 오르면서 나는 삽화의 여자보다 더 큰 웅덩이를 파 내려갔다.

사업하다 파트너의 잘못으로 집이 압류당하고 곧 길거리로 나앉을 거란 생각을 하면서 일의 수습을 한 것이 아니라 상대를 겨냥한 미움으로 잠을 이룰 수 없는 날이 늘어가고 식음을 전폐하기에 이르렀다. 그 간의 사정을 아는 이들은 사랑하는 사람과의 배신이 아닌 것만으로 다행이니 몸부터 생각하라고 다독였으나 미움의 골이 깊어진 나에게 위안이 되지 않았다. 오히려 당하는 사람 마음을 뉘 알까 싶은 게 위로하는 사람들조차 미워졌다.

'단정하지 말자, 나름대로 사정이 있을 거야.' 끊임없이 무책임한 그를 용서하고 평정을 찾으려 했지만 갈수록 삭일 수 없는 분노가 머리끝까지 차올랐다. 오랜 시간이 흘러 잠적했던 그가 나타나 대수롭지 않은 일인 양 천연덕스럽게 용서를 구하는데 맥이 풀렸다. 다행히 일이 잘 해결되고 나서야 그동안 나조차 모르게 깊게 판 웅덩이를 나오려 했을 때 초췌해 있는 나를 발견하고 흠칫 놀랐다. 양미간의 주름을 깊게 드리운 채 제 나이보다 더 들어 보이는 중년의 여자가 돌이킬 수 없는 미움의 흔적을 껴안고 있는 게 아닌가?

살다 보면 붉은색 신호등처럼 급제동을 거는 이들이 있다. 때때로 적대감을 느끼게 하는 상대가 미워지면 잠시 느긋하게 황색 점멸등을 깜박이고, 여유롭게 파란색 등을 켜서 화해의 손짓을 건네고 싶다. 비록 누군가가 나에게 던지는 미움이 커서 다소 외롭다 할지라도 용기 있게 산뜻한 녹색등을 켜 주리라.

사랑하는 마음은 외롭고 미워하는 마음은 괴롭다 했다. 외로울망정 미워서 괴로운 것은 더욱 견딜 수 없는 형벌 같은 것이다. 미움의 뿌리가 지나치는 바람 한 자락 같은 거였으면 얼마나 좋을까.

옛 속담에 '미운 놈 떡 하나 더 준다'라고 하지 않던가. 하물며 축생을 제도하기 위한 법고도 두드리는데 형체도 없는 괴물 같은 '미움 덩어리'를 내 안에서 흠씬 신명 나게 두들기다 보면 타협은 가능하지 않을까 싶다. 미움을 견디지 못해 흙구덩이를 파고 있다면 한 번쯤 뒤돌아봐야겠다. 일이 수

습된 뒤에, 여러 달 미움으로 얼룩진 마음을 정리하고 툴툴 털어 버리기 위해 여행을 떠났었다.

산사를 내려오는 등 뒤로 울려 퍼지는 법고의 긴 여운은 모든 여행 일정을 하나로 묶어버린 화두가 된다. 체험이란 때때로 생경하면서도 오랫동안 익혀왔던 익숙함이다.

미워도 다시 한번. 미워도 다시 한번이여.

잘 다녀오라는 말

죽을 고비를 넘기지 않은 사람이 얼마나 될까? 한 번쯤은 생사를 넘나들며 사는 거겠지. 아프다는 건 몹시 비루한 일이란 생각이 든다.

원래 체격이 작아도 나름 질긴 생명력으로 버틴 거라고 믿어왔는데 체격으로 설명이 되지 않는 체력의 밑바닥은 끝도 안 보인다. 내가 좀 별스러워서 '아얏' 소리는 잘 안 한다. 보통은 눈 질끈 감고 잘도 넘어가는데 진짜 아플 땐 말 없이 견디고 마는 곰 같은 사람이기도 하다. 해서, 그 죽을 고비라는 걸 몇 차례 뛰어넘고 살았으니 고맙기도 하지만 요즘엔 그런 자신에게 화가 난다. 이건 뭐, 약속 지키느라 불시에 찾아든 통증은 참을 만큼 참다가 돌아오면 그게 반드시 화근이 된다.

구차한 변명이 싫어서, 아프단 말 자꾸 남발하는 게 싫어서 생긴 일이지만 많이 아픈 내가 덜 아픈 누군가를 위해 길을 나서게 되는 촌극도 벌어진다. 그러다 보니 속수무책 말라비틀어져 가는 꽃잎처럼 비루해져 가고 있다는 생각을 지울 수 없다.

찔끔 아프고 말 일인 것 같은데 오래도록 아프기도 다반사고, 심지어 코감기, 목감기가 몸살로 전환돼서 몇 날 며칠을 침대와 한 몸처럼 지내다 보니 강렬하게 드는 생각이다. 이 정도 아픈 건 아픈 것도 아니고. 그런데 말이지, 참 간사하게도 지금 삭신이 쪼그라들도록 쑤시고 아픈 이 지경에도 내 몸속에 수천, 수만 개의 전구에서 아주 촉수 높은 빛의 발화가 일어날 것만 같아서 이렇게 끄적인다.

여전히 향은 물론 맛도 모를 음식을 삼켜야 하고 잠 속에서 일면식도 없던 어지러운 객들이 지나가고 오르내리는 열감 속에서도 해야 할 일이 널브러진 채 하루가 또 속절없이 흐른다. 어쩐지 이런 날은 참 궁금해진다. 먼저 죽은 사람이 불쌍할까, 죽은 자 뒤에 남은 사람이 불쌍할까? 죽음으로 마감된 이별이란 그렇게 애달프고 억장이 무너질 일인데 잠시 각자의 시간으로 헤어지는 일 또한 신기하게도 말의 맥락에서 이어지고 있다.

"갔다 와."

"다녀오세요."

"잘 갔다 오니라."

"댕겨 오래이잉."

한 옥타브 올라가든 내려앉든 표준말이든 사투리든 배웅의 최종 마무리는 '오라'는 얘기다. 빼꼼 현관문을 열거나 엘리베이터든 방문 앞에서든 집을 나서는 가족에게 우리는 (나만 그런가?) 한결같이 집으로 잘 오라고 주문 아닌 주문을 한다. 그가, 그녀가 혹은 가족이 무사히 집에 들어올 때까지 무언의 바람으로 무사 귀환을 은연중에 바라는 거다. 모 보험회사 광고로도 쓰인 '잘 갔다 오라'는 캐치프레이즈는 그래서 더 친숙하다. 그 광고의 콘셉트를 정한 분이 남성이라면 다소 의외일 것도 같다. 가장이 집 밖을 나서는 등 뒤에다 쏟아부은 애정이란 거, 그 건 대부분 주부의 몫일 수도 있을 거란 나의 편협함이겠지만.

자신의 차로 출퇴근하던 딸이 지하철을 이용하고 나서 노심초사가 좀 사라지긴 했으나 일요일, 약속이 있어 외출하려고 집을 나서는 딸아이에게 내가 주문처럼 또 큰소리로 외친다.

"딸, 잘 다녀와."

"엄마, 나 결혼할 때도 잘 갔다 오라고 할 거야?" 순간 녀석과 동시에 웃으며 눈이 마주쳤다.

"아니, 갔다가 절대 다시 안 오면 좋겠지, 반드시 그래야 하고…… 얼른 가기나 해."

가느다란 손목을 살포시 흔들며 총총히 버스 정거장 쪽으로 걸어가는 딸을 향해 나도 있는 힘껏 창밖을 내다보며 고개를 끄덕였다. 남겨질 누군가가 떠나가는 누군가를 그리워하는 것과 떠나간 이가 남겨진 누군가를 그리워하는 그 어느 쪽이든 달라질 게 없는 게 이별이다. 다녀오지 않는 이상은.

코타키나발루에서 찾은 새로운 '쉼표'

코로나 사태 이후 첫 개인 여행지를 코타키나발루로 결정했다. 숙소는 '수트라하버 호텔'이다. 현지인이나 다름없는 '멈바꿋 추장'인 써니의 주도하에 이왕이면 사람들이 붐비지 않는 고즈넉한 곳으로 다녔으면 해서 그녀의 도움을 받기로 했다.

여행 스케줄이라는 게 범주가 거의 비슷하지만 세상에 태어나 단 한 번도 마주칠 일 없는 생경한 뭔가를 체험하는 순간 가장 짜릿하다고 믿었다. 저녁 늦게야 여장을 푼 호텔의 룸컨디션은 기대 이상으로 깔끔하고 만족스러웠다. 창밖으로 바로 보이는 커다란 야자수 나무들이 그윽한 달빛에 취한 듯 살랑거렸다. 수트라하버 호텔은 정통성과 기품을 자랑하기에 걸맞은 분위기와 주변부까지도 묘한 매력이 넘쳐 굳이 외부로 이동하지 않고도 '호캉스'를 즐기기에 최적이었다. 코타에서의 첫 일정은 바다색이 완벽한 스카이블루와 코발트 빛으로 근사하게 나뉘는 파라다이스 비치에서의 호핑 투어였다. 인기척이라고는 우리 몇몇이 전부였다. 뒤이어 바다를 가르며 세 개의 섬이란 뜻인 '뿔라우띠가' 해안 근처에 이르자 스노클링을 재도전해 보라고 했다. 그만두고 싶었지만 좀 전에 수고롭게도 바닷속에서 끝까지 나를 챙겨 준 가이드인 마이크를 믿고 다시 물속으로 풍덩 뛰어들었다.

나는 그가 이끄는 대로 슬슬 몸에서 힘을 빼고 눈으로 열심히 그가 가리키는 물고기들을 바라봤다. 예쁜 물고기 '니모'들과 즐비한 산호초들에 마음이 뺏겨 탄성을 질렀다. 얼떨결에 삼킨 바닷물의 짠맛까지도 이내 유쾌해졌다.

뿔라우띠가는 한가하기 이를 데 없는 지상 낙원이었다. 나른한 오후를 즐기기에 딱 그만인 요새 같은 그곳에서 마이크가 잡은 커다란 갑오징어를 구워 푸짐하게 배를 채우고 나니 세상 부러울 게 없는 망중한, 내가 바랐던 바로 그 그림이었다.

다음날은 핑크 모스크나 블루 모스크를 돌아봤으나 개인적으로는 크게 와 닿지 않았다. 오히려 번외의 장소인 코

콜힐 선셋이 매우 인상적이었다. 꽤 높은 포토존까지 오르는 내내 안개와 습기로 앞이 거의 안 보이더니, 목표 지점에 올라서자 기다렸다는 듯 장관을 이루며 일몰의 거대한 파노라마를 펼치는 모습이라니…….

대자연의 경이로움은 신을 경배하고 찬양하기 위해 만든 사원이(물론 충분하게 아름답고 멋지지만) 감히 능가하지 못할 절대적이고 강력한 뭔가의 근원이 아닐까 싶었다. 반딧불이를 보기 위해 일몰 전에 도착한 멈바꿋 선셋 비치. 남중국해와 맞닿는 지점의 해안은 바닷물이 짙은 브라운 빛(황토물처럼 혼탁하지 않은)이었고, 바닷길은 맹그로브 숲으로 이어진 강 쪽으로 접어들수록 붉은색에 가까운 빛깔이 드리워져 매우 이색적인 풍광이었다. 그곳에서의 차갑지도 뜨겁지도 않은 적당한 온도의 바다 물결이 실린 맨발의 감촉은 지금까지도 잊을 수 없다.

양손 안으로 잡아보았던 반딧불이가 보석처럼 반짝 빛을 발했다. 살그머니 놓아주자 포르르 날아드는 숲 안쪽의 수없이 많은 반딧불이의 향연. 그와 어우러져 상큼한 바람결이 살갗을 애무했다. 그렇게 코타의 아름답고 특별한 여정은 아쉽게 끝났다.

어떤 경우 여행 동반자끼리 서로 모나거나 합이 맞지 않아서 트러블이 있을 수도 있겠지만, 이번 여행에 함께 해준 동행들은 나의 의견들을 무난하게 만족해 하며 자주 깔깔거리며 웃었다. 특히 룸메이트였던 피부과 라인숍의 故허정란 원장에게 진심으로 고맙단 말을 전하고 싶다. (갑작스럽게 세상을 떠난 그녀가 몹시 그립다, 삼가 조의를 표하며!)

난 새로운 여행지가 늘어날수록 홍수처럼 넘쳐나는 행선지에 대한 고급 정보가 아니더라도 남들 따라 하는 일정이나 여행기는 그만 쓰고자 늘 새로운 모색을 꿈꿨다. 이번 여정에 우리는 써니의 팔순이 넘으신 어르신과 계속 동행했다. 써니가 치매를 앓고 계신 엄마를 혼자 두며 일할 수 없는 이유이기도 했지만, 노모는 그녀가 이끄는 여행사의 팀원인 것처럼 유연하게 잘 따라다니셨다. '조용한 치매'라는 말이 있지 않은가? 밥벌이를 위해 여행사를 꾸려 애쓰는 써니의 생존 전략과 쉽지 않을 그녀의 효심, 그리고 먼 이국에서 홀로 자신의 어린 아들을 키우며, 그 아들을 회사의 일원으로 듬직하게 성장시켜 함께 활동하는 걸 보니 뭉클했다.

일정 내내 질적으로 고급스러운 여행이 되도록 애써준 써니와 그런 딸에게 맡겨졌으나 절대로 해가 되지 않으려

본능적으로 적응하는 어르신, 그녀의 아들이자 팀원인 제리, 말없이 묵묵하게 도움을 준 마이크와 함께 환영해 주고 도움을 주던 그의 가족들에게도 감사의 말을 전한다. 내게 '쉼표'였다면 그들에겐 '노동'이었을 그 노고에 힘찬 박수와 응원을 건넨다. 어딘가 낯선 곳을 찾고 또 어떤 잊지 못할 그곳만의 독특한 냄새에 이끌려 기억을 되살리며 발걸음을 옮기는 일, 무엇보다 여행은 어떤 누군가의 일생을 혹은 인생을 함께 열어 보며 고개를 끄덕이거나 어깨를 토닥이는 인연의 터이기도 하다.

내게 있어 '여행'은 물리적으로 옮겨가는 것이 아닌 깊이를 가늠하는 일이며, 심리적으로는 새로운 확장보다는 거나한 쉼표다.

Part 2

나를 마주하는 시간

건너가세요

아파트 단지와 호숫가 데크를 연결하는 작은 돌다리가 있다. 이번 장마로 냇가의 물이 돌다리를 넘어서거나 가라앉거나 반복하다가 기울어진 돌 하나가 이탈하면서 넘어가지 말라는 출입 통제 제한 로프가 설치됐다.

나는 겁이 많다. 넘지 말라는 저 다리를 건너가다가 엎어져서 온몸이 다 젖을 수도 있고 내가 휴대한 핸드폰이며 블루투스며 모두 다 젖을 수도 있다는 생각이 들자(인생에 있어서 어디 잃을 게 이것뿐이겠는가) 삼백여 미터가 넘는 곳을 에둘러 다시 아파트 단지로 들어서야 하는 거추장스러움을 견뎌야 했다.

잠시, 아주 잠시 그냥 건너볼까 고민하다가 씩씩하게 모범답안을 집어 들었다. 다시 굴다리 터널을 들어서서 내가 건너려다 망설인 그 돌다리 쪽을 내려다보니 내 또래의 여성들이 모두 씩씩하게 건너오고, 건너가고 있었다.

그럼 나, 바보? 그렇지 뭐 너란 사람, 늘 한 박자 늦고 어리바리하잖아, 그렇게 낙담하며 막 그곳을 빠져나오는데 한 여성이 내게 돌다리를 건너오는 거냐? 그래도 되는 거냐고 물었다. 내가 그 코스를 냉큼 빠져나오는 거로 보였나 보다.

"제 생각엔 개인 차이 같습니다. 전 에둘러 돌아왔으나 대개의 사람은 가뿐하게 건너오고, 건너가고 하네요."

그녀는 잠시 머뭇거리더니 돌다리 쪽으로 쌩하니 사라졌다. 만약에 내가 독이 올랐거나 뭔가가 아주 급해서 시간에 쫓겼거나 부득이 변수가 있었다면 그들처럼 갈등 없이 나도 저렇게 쌩하고 건넜을 일이지 싶다. 불나방처럼 가까이 가서 타들어 가는 한이 있어도 용감하게 날아들었거나 삐끗, 이탈해 물에 빠져서 허우적거렸을지도 모를 일이다.

살다 보면 예기치 못한 용기와 비겁과 갈등과 포기가 교차하면서 지독한 몸살을 견디기도 한다. 양평 철교를 거닐다 본 호박 줄기의 아주 긴 끄트머리 부분이 옹골차게 꼬리를 접어가며 서식하고 있다. 누가 잡아맨 것도 아니고 저토록 여린 줄기가 살아남고자 제 몸보다 훨씬 더 거대한 강철

기둥을 꼭 끌어안고서 몸부림이다.

칼로 자르지 않는 한, 아니 어쩌면 손끝으로 톡 건드리기
만 해도 끊어질 저토록 여리디여린 안간힘, 모순 같지만 어
디론가 가고자 하는 버팀목이다. 절망 끝에 견디는 쉼표이
거나 얼떨결에 건너고 마는 다리이든, 이미 에둘러 돌아서
온 후회이든 우리는 그렇게 마지막 끈을 놓지 않고 생으로
견디는 것이다.

지나간 저 하루도, 펼쳐질 오늘 하루도.

오른쪽 옳은 쪽? 어느 쪽인가

　오른팔과 왼팔을 자유자재로 쓰진 못하더라도 비교적 양손 사용이 수월한 편인데 어찌 됐든 오른손의 위력을 새삼 느낀다. 왼손의 과다 사용으로 어깨부터 손목까지 과부하가 다시 와서 오른손을 보호하려다 왼손이 더 망가질 것 같은 게 변수라면 변수다. 아차 싶다. 나는 어릴 때부터 왼손을 훨씬 자연스럽게 사용했으나 굳이 왼손잡이니 오른손잡이니 하는 개념 없이 양손잡이라고 생각하고 살아왔다.

　이를테면 '공깃돌 놀이'를 해도 왼손은 한 손만으로도 공깃돌 다섯 알을 모두 그러쥐며 백 년을 한 번에 거뜬하게 끝내는 자칭타칭 '공깃돌 도사'였으나 오른손으로는 의외로 양손을 모두 사용해야 공깃돌 놀이가 가능하기도 했고 빨래 같은 걸 짜도 왼손 쪽으로 비틀어 주는 힘이 강해서 오히려 오른손 놀림이 더 어눌할 정도였는데 초등학교를 입학하자 아이들이 자꾸 왼손잡이라 놀리며 심지어 공깃돌 놀이할 때는 왼손 사용 금지 조항을 내걸기도 했다.

6년 동안 담임을 맡은 선생님마다 오른손이 '바른 손'이니까 반드시 그쪽을 써야 한다고 성화들이셨다. 아, 어쩌라고요……. 그때만 해도 심지어 하늘은 하늘색(명칭까지)으로 땅은 흙색으로 칠하라고 경직되고 공공연한 교육이 아무런 거부감 없이 이루어지던 시절이다.

왼손으로 글씨 쓰는 내게 친구들의 놀림 정도는 참을 만했지만 어떤 선생님은 오히려 나의 오른쪽 어깨와 팔을 짚어 주면서 이쪽을 써야 한다고 다짐받듯 훈계하셨던 터라 서서히 나도 오른손이 익숙해지기 시작했다. 성장하면서 오른손은 주로 글씨를 쓰고 나머지는 왼손을 자유자재로 쓰면서 양손잡이 비슷한 양상을 보이니까 그걸 본 아빠가 자주 하시는 말씀이 있었다.

"이 없으면 잇몸으로 먹는다는데 우리 민이는 오른손, 왼손 구애받지 말고 선생님이 뭐라고 하든 네가 편한 대로 사용해라."

아빠의 응원은 훗날 내가 비교적 자유로울 수 있는 사고의 바탕이 되기도 했다. 애초에 내가 오른손을 썼던 사람이라 해도 나의 왼손은 오른손을 대신해야 했을 것이고, 왼손잡이로 굳어졌던 사람이라 해도 오른손 없이 혼자 양손의 역할을 다했을 리도 만무하다.

'차악'이 최선을 가져다줄 거란 가느다란 희망 하나 믿고 움직인 갈림길에서 오른손의 부재가 왼손의 위치를 새롭게 하듯 혹은 저 잘난 줄로만 알고 휘두른 오른손만으로 모든 걸 다 할 수 있을 거란 오만도 이쯤 해서 모두 대오각성하는 시간이었으면 싶다. 정치적 견해라기보다 여러 각도로 속아 온 나의 생각일 뿐이다. 삼척동자도 알만한 깨우침이자 누군가에게는 강력한 절치부심이겠지만.

빨간색과 파란색의 차이

오랫동안 정치 활동을 했던 친구와 모처럼 식사도 하고 '수다 꽃'을 피우면서 종일 신나게 웃었다. 그 친구는 은퇴한 상태지만 요즘이 생애 가장 행복하다며 그러한 조건에 놓여 있다는 게 정말 감사하단다.

작은 체격이지만 웬만한 남성보다 도량도 크고 카리스마가 넘치는 그녀의 행보에 나는 단 한 번도 동참하거나 기웃거려 본 적이 없다. 나와 개인적으로 친분이 있는 P 의원님과의 경선에서 그녀가 패한 것도 이번 만남에서 알게 됐다. 친구와 내가 의도한 건 아니지만 정치적인 견해가 좀 다르기도 했고 어차피 나 같은 정치적으로 냉소적인 사람이 갑론을박할 일도 아니라는 생각이 들었다. 헤어질 때쯤 돼서 그녀가 한 말을 간략하게 상기해 본다.

A는 정치적 이념도 없이 그쪽으로 기웃거리면서 항상 언저리를 배회했단다. 다들 알겠지만 큰 행사가 있을 때 의전의 일환인 자리 내정을 하고 좌석 등받이에 각각의 이름표를 붙여 놓는데 그는 슬그머니 한 자리의 이름표를 몰래 떼어 내고 냉큼 의자에 착석했단다. 친구가 보고 있었다는 걸 아는지 모르는지 그는 매우 놀랍게 시치미를 뗐고, 정작 그 자리의 주인은 우왕좌왕하다가 뒷좌석으로 밀려났다는 것이다.

잊고 지내던 어느 날, 그날도 마찬가지로 큰 행사가 있어서 일찍 행사장에 도착한 친구는 다른 정치인들과 인사를 나누고 있다가 주위가 시끄러워서 보니 문제의 A가 시청 직원과 실랑이를 하고 있었고 그 이유가 의자 위에 붙여진 이름표를 또 남몰래 떼다가 들켰는데 '그게 뭐, 그렇게 대단한 거냐, 당신은 내가 기억했다가 가만 안 두겠다' 오히려 막무가내로 더 큰 소리를 지르는 A를 보았단다.

마침 그 시청 직원은 친구와 인연이 있는 사람이라 자초지종을 들을 수 있었다는데 A가 그런 짓을 한 게 비단 이번만이 아니라는 것과 매번 의전 앞자리를 요구하고 귀빈 행세를 악착같이 해서 번번이 애를 먹여서 보통 고민이 아니었다고 한다.

　정치적 주요 인사도 아니고 모 조직의 인사로 초대돼 오는 그가 왜 그렇게 의전과 좌석 위치에 집요한 욕망을 드러냈는지 요즘의 그를 보면서 비로소 이해할 수 있었다는 거다. 각설하고 나는 그의 뱀처럼 사악한 눈빛이 그냥 싫다고 말했고 그녀는 그의 뜻대로 된다면 우리나라의 앞날이 두렵다는 말로 마무리했다.

　친구는 정치를 그만둘 때까지 정치인으로 급부상한 그와 같은 당이었고 크고 작은 행사나 모임에서 자주 만났으나 항상 일정한 간격을 두었다고 한다. 다만 아주 작고 사소한 일에서도 보이는 그의 안하무인격인 태도, 무엇보다 대중에게 보이는 제스처와 사적인 자리에서 보이는 갭이 너무 커서 당혹스러웠다고 술회했다.

　어떤 말이든 묘한 설득력과 권모술수에 능한 처신을 보면서 그의 최측근들도 혀를 내두르는 수장의 정치적 성장을 그다지 반기지 않았다는 속내까지도 들었다. 전해 들은 말이긴 하나 친구가 부러 만들어 낼 만한 사람도 아니라 여겨지니 듣는 내내 소름이 돋았다.

　내게 보이는 그 느낌과 너무나 부합되는 치졸하기가 이

를 데 없는 행동이 나라를 이끄는 대인으로서는 아무 문제가 되지 않을 거란 논지의 말이 떠올라서다. 정치도 모르고 일개의 범부로서 못난 생각일 수도 있겠지만 한 개인의 잘못은 덮고서라도 그의 업적이나 구호만으로도 충분히 그를 내세울 수 있다는 어떤 이의 주장에, 나는 일절 대꾸하지 않았다.

그 말도 일리는 있다. 다만 상식이 부재한 아니 인간으로서 기본의 도리가, 근간이 되는 양심의 자리가 비어 있을 때 그마저도 간과하고 신봉해야 한다면 나는 다 포기하고 싶어진다. 절망이란 얘기를 하려는 게 아니다.

선거철이 막바지에 이르고 양쪽 진영 후보자 모두 종일 그동안 전부를 탈탈 털렸는데 뭘 더 털 수 있겠느냐고 모두 목소리가 높고 시끄럽다. 털어서 먼지 안 나는 사람 없을 거고 우리는 그 누구도 단죄할 수 없는 사람들이지만 상식을 뛰어넘는 사건들이 범람한다.

정치적 발언도 아니고 내가 품은 생각이 옳다고 주장하는 건 더더욱 아니다. 나와 생각이 다른 사람들이 내 말에 공감하면 나도 마주치면 정치 외적인 사담에 기꺼이 응원하는 바이다. 단지 매우 나쁜 사람은 맞으나 능력 있는 정치꾼

이어서 응원한다는 논조에는 결코 동조할 수가 없다. 나쁜 사람이 좋지 않은 생각을 바탕으로 제아무리 정치를 잘해도 그건 나쁜 정치일 뿐이다. 좋은 사람이 따로 있는 게 아닐지라도 바른 생각이 바탕에 깔린 정치여야 옳은 정치가 되는 게 아닐까.

거듭 밝히겠지만 자꾸 내게 옳지 않은 생각을 바꾸라고 강권하지 않길 바라는 바다. 나는 내 생각의 주인이고 당신은 당신의 생각에만 주력하라. 내가 한쪽 진영에 속한 사람 같아 보이는가? 혹은 그 어느 진영도 아니라고 해서 반목한다거나 회색분자라고 몰아세울 일도 아니다. 난 그저 잘못한 건 잘못이고 그 나물에 그 밥일지언정 잘못은 제발 인정이나 하고 잘할 자신 있으면 그 잘못을 딛고 일어나면 되는 거라고 확신한다.

늘 그래왔고 앞으로도 그렇고 나는 알지 못할 일에 거들지 않을 생각이다. 싫으면 싫다고 말할 만큼의 의지는 내가 밝힐 생각이다. 그게 바로 20년 넘도록 정치했던 오랜 벗에게 단 하루도 눈길 주지 않고 오히려 그가 은퇴한 뒤 그녀의 하루하루를 더 깊이 응원하는 이유이기도 하다.

손이 먼저 가고 싶다

내놓은 수저통이나 냅킨 케이스에 찌든 때가 있다든가 꼬질꼬질한 먼지가 쌓여 있는 곳. 간당간당, 색감도 이상하고 나물류에서는 쉰 건지 아닌 건지 모를 만큼 애매한 맛이 나서 동석한 사람들은 거의 모른 채 먹고 있는데 나만 쉰내를 느끼며 당혹스러울 때, 드러내고 까탈을(?) 부려야 하는 건지, 모른 척 그 나물만 빼고 다른 반찬만 먹어야 하는 건지 갈등하게 하는 곳. 미리 썰어 놓은 오이나 당근 혹은 마늘에 물기는커녕 바짝 말라서 도무지 손이 안 가는 채소나 밑반찬 내밀어 놓는 곳.

열 번을 가서 늘 같은 음식을 주문해도 단 한 번도 좋아하는 메뉴를 기억하지 못하는 건 많은 손님을 상대하는 탓이라 이해해도, 병아리 눈곱만큼 주는 곁가지 반찬 달라고 하기 전에 눈치껏 단 한 번도 더 내놓을, 아니 물어볼 생각조차 없는 무신경한 곳.

오픈할 때의 친절은 온데간데없고 왜 손님이 없을까? 고민 한 번 한 흔적 없고 의리 삼아 찾아 들어서면 한껏 기지개에 게으름에 반기는 기색조차 없이 늘 딴전을 피우는 식당 종업원과 주인장의 표정, 그러니까 프로 의식이 전혀 없는 곳.

최상급 호텔이나 유명한 뷔페 등에서 잘 눈에 띄지 않는 곳인데 어쩌다 마주친 오래된 재료들이 구석에 아무렇게나 방치된 걸 우연히 보게 된 곳. 사용된 재료가 내가 치른 값에 터무니없이 모자라 보이는 인색한 크기나 신선도, 이를테면 칵테일 새우가 터무니없이 작아서 미처 새우인 줄 모를 정도는 애교이고 생태탕이 동태인가 싶을 만큼 식감이 엉망인 재료로 뭉뚱그려 내놓는 비양심적인 곳.

어쩌다 맛집이라고 줄까지 서서(질색하는 남편 겨우 꼬드겨) 기다렸다가 자리 잡고 처음으로 뜬 수저에서 느껴지는, 성의 없이 나온 황당한 요리와 이름값 유명무실하게 스스로 내동댕이친 신의를 잃어버린 곳.

나열하자면 수도 없이 많다. 워낙 먹는 거에 흥미나 재주가 없는 우리 부부는 그래서 '맛집'을 찾아다니는 걸 별로 안 좋아하는데 부득이 외부로 나가 식사해야 할 경우는 곤혹스러울 때가 많다. 잘 차려진 음식에 비해 값을 덜 치른 듯해서 미안해지는 식당을 만나기란 너무 어렵다. 절로 손이 가고 싶은 음식을 만나기가 이렇게 어렵단 말인가.

알 수 없는 분말로 적당히 배합한 듯한 콩물로(?) 만든 콩국수를 먹으려다 나오면서 마주친 주인 왈, 왜 안 먹고 그냥 가는 거냐고 묻는다. 달랑 만 원의 가치가 아까워서가 아니라 주인장의 그 음식에 대한 해찰에 화가 난다. 차라리 2만 원 받고 진짜 콩을 갈아서 주지.

동네에서 유명한 집으로 소문나 외부에서도 많이 오는 곳인데 어쩌다 들르게 되어 조미료 범벅인 해물 전복탕을 시가보다 훨씬 더 치르고 나오면서 내심 장담했다. 예상대로 얼마 안 가서 문 닫은 그 집은 업종 전환이 아니라 음식 종류만 바꿨다.

이번엔 제발 정성을 다하길 바란다. 내가, 혹은 우리 가족이 먹는 음식이어서가 아니라 당신들에게 꼭 필요한 돈을 벌기 위해서라도 말이다. 주일이다. 비도 오고 오랜만에 솜씨 발휘해서 부추전이라도 하려니 그가 적극적으로 말린다.

"하지 마, 하지 마. 안 먹어도 돼. 나가서 먹자. 간단하게."

뭘 하나 만들어도 온통 난장판인 나의 부실함과 노고를 걱정하는 남편 덕에 난 늘 자유롭지만 가끔은 나도 조금은 그럴듯한 먹을거리를 만들어 보고 싶다. 그러나 생각과 달리 자주 실패다.

그럴 때면 울며 겨자 먹는 심정으로 음식점에 가고 싶어진다. 매일 5성급을 드나들 수도 없고, 사방 널려 있는 그토록 많고 많은 식당은 너무나도 무성의하고 불친절하기까지 하다. 물론 안 그런 곳들도 있겠지만 번번이 실패한 입장이다 보니 입맛이 쓴 것도 사실이다.

아, 오해는 금물. 이래 봬도 일 년에 제사와 차례를 여러 번이나 나 혼자 다 치른 아낙이며 함경도 가자미식해도 아주 잘 만들었고 오징어덮밥이나 소고기 스튜 등이 예술인 적이 있었던 나름 착한 주부였다고 적당히 자만 중이다. 물론 고백하건대 지금은 날라리(적당히 쉼표를 찍는) 주부다.

이제 주방일을 완전히 은퇴한들 누가 뭐랄 사람도 없고 어디 가서 무얼 먹든 돈 준 만큼만 성의를 표하는 양심적인 식당만 있다면 외식문화를 적극적으로 활용하고 싶은 사람이다. 제발 내 입으로 들어갈 음식이라 생각하고 철저한 청

결함과 신선한 재료로서 정성 어린 먹을거리를 상위에 내놓

길 바랄 따름이다.

취향까지도 온전하게

"타다닥 탁탁…… 타다다닥……"

헬스장 라커룸에서 누군가의 독특한 셀프 마사지 소리
가 울린다. 양손으로 얼굴을 두드리는 소리가 마치 빗방울
떨어지듯 끊임없이 이어진다. 1, 2분도 아닌, 족히 5분 넘게
얼굴과 온몸을 쉼 없이 두드리는 날카로운 소리에 주변 사
람들의 인내심이 시험대에 오른다.

이 끝없는 두드림 소리에 문득 예전 자이안 센터 시절의
이웃, 연우 엄마가 떠오른다. 그녀 역시 사우나에서 이렇게
끝없이 몸을 두드려 주변의 원성을 샀었다. 어느 날 차 한
잔을 마주하며 조심스레 이야기를 꺼냈고, 다행히 그녀는
내 조언을 긍정적으로 받아들였다. 서로를 이해하고 배려
하는 마음이 통했던 덕분이었을까. 그 후로 그녀는 '사우나

의 천사로 불리게 되었다.

　사우나 특유의 향과 두드리는 소리가 오래된 기억을 되살린다. 시각적인 자극보다 때로는 이런 소리나 냄새가 더 강렬하게 과거의 순간들을 소환하곤 한다. 모처럼 연우 엄마에게 안부 전화를 해봐야겠다.

　오래도록 '돌체앤가바나'를 사용해서 내가 나타나면 굳이 보지 않고도 나일 거라고 맞추던 친구들. 난 마음이든 취향이든 잘 바꾸는 사람이 아니지만 어떤 특별한 계기로 데일리 향수를 '조 말론'으로 교체했다. 한 친구가 웃으면서 심리적 변화에 따른 취향이냐며 엉뚱하단다.

　하지만 어떤 경우든 소리로, 냄새로 혹은 심미안으로 진화한다는 건 매우 바람직한 일이다. 블루투스의 성능만 해도 그렇고 룸 컨디션에 따른 방 안 공기의 냄새도 그렇고 늘 바라보는 창문 밖의 뷰도 다양하겠지만 사람에 대한 믿음 혹은 애정은 일희일비할 일도 아니라는 거! 내면에 들려오는 소리에 주목하면서도 내 의지에 박자를 맞추는 일이 그래서 더 온전해질 수만 있다면 오히려 가까이 다가서도 좋을 일일 테다. 나는 가족에게도 친구들에게도 혹은 지인에게도 내 취향이나 만족의 틀을 자주 바꾸지 않으려 애쓴다.

소리가 주는 메시지나 향이 주는 기억의 스토리나 시나브로 느낌에 충만한 일은 '감사'로부터 출발하는 게 어떨까. 소중한 사람도 아끼다 보면 그 주변 사람에게도 마음 가는 법이다. 어쩔 수 없는 알력이나 화가 치밀어도 감내할 정도의 인내심이 필요한 중심부의 언저리. 때때로 말할 수 없을 만큼 좋아할 수밖에 없는 사람에게 보내는 신호가 -그게 신뢰이든 무한 애정이든- 그 주변인으로부터 무너지게 될까 봐 두렵기도 한 촛불이라면 조용히 앞섶을 펼쳐 심지라도 지켜내고 싶다.

그러하다, 마음이 이기는 법이다.

헤아리고 살피는 마음

올해부터 새롭게 내 주식 담당이 된 C 차장은 굳이 다른 직원을 시키지 않고 직접 차를 내왔다. 그는 당연히 블랙인 줄 알았고 "저는 믹스커피로 주세요"라며 웃었는데, 뜻밖에 커피 온도가 바로 준비한 듯 적절했다.

아주 차거나 아주 뜨겁거나. 사실 내 취향을 알 수 없었을 그는 "혹시 몰라서 온溫 커피니까 커피잔을 더운물로 잠시 데운 후에 커피를 담았습니다"라며 씨익 웃는다. 최근에 마신 믹스커피 중 가장 달짝지근하고 맛있었다. 누군가에게 무얼 건네는 일에 세심한 배려까지 담겨 있다는 건 아름다운 일이다.

요 두어 달쯤 다소 수익이 누락 돼서 마음이 안 좋았으나 C 차장의 태도는 늘 진심이었다. 그런 그에게 내가 읽고 큰 감흥이 일었던 책을 선물하고 증권사 문을 나섰다. 나는 마음에 드는 책을 여유 있게 사서, 혹은 읽고 나니 정말 좋았을 경우 추가로 주문해 친구나 지인에게 선물하곤 한다. 이번에도 서점에 가서 느낀 거지만 역시 온라인보다 현장에서 살 때 책 욕심은 더 많이 생기는 것 같다.

문제는 받는 사람의 취향을 전혀 존중하지 못한다는 것일 수도 있다. 내가 좋다고 상대가 다 좋을 수 없고 나의 선택이 반드시 좋다고 할 수도 없지만 말이다. 나는 마음이 너그럽지 못하고 비교적 까다로운 사람이다. 바꿔 말하면 자신의 잘못을 인정하기보다는 타인의 잘못된 점에 더 민감하다는 뜻이기도 하다. 물론 '나 자신에게는 인색하되 타인에게는 더 넉넉하게 품자'라는 생각의 끈은 놓치지 않으려고 애쓰지만 바람에 그칠 때가 많다.

올 한 해도 또 다른 내 생이니까 더 잘살아 보자고 자신에게 타일렀다. 그런 의미에서 책을 준비해 나누거나 하다 못해 정성 담긴 안부라도 나누자는 쪽이다 보니 타인이 타주는 커피 한 잔에도 의미 부여가 커질 수밖에 없다. 분명한 건 좋지만 너무 내 기준으로 따지지 말자. 육하원칙이 있다고는 하지만 기, 승, 전 없는 상대의 실수를 결과로만 몰아

붙이지 말자. 잘못한 사람을 법의 심판대에 올려놓았던 걸 냉철함이라고 포장하지 말고 그냥 잠정적인 화살을 던지기만 했으면 어땠을까 싶은 후회도 더러 한다.

어쩌면 내가 한 실수가 누군가의 기억 속에서 요지부동 떠나지 않는 오점으로 각인돼 있기라도 한다면…… . 으스스 등 쪽에서 한기가 솟는다. 앞뒤 분별없이 옳음과 그름조차 판단하지 못할 만큼 푼수 없이는 말고, 분수에만 맞게 살아도 잘 살아내는 거라고 믿자. 헤아리고 살피는 마음이 중요하다. 조금 덜 얻고, 더 많이 주더라도 그건 이미 내 거 아닌 데서부터 출발한 거로 생각하자.

복을 짓는 일은 의외로 쉽지 않을까? 나는 물권보다는 심령 쪽에 더 많은 애착을 지닌 사람이니까 말이다.

커피는 누가 타야 할까

백화점 매장에 들렀다. 가전 매장 매니저가 건네준 커피를 마시던 중 구매 가짓수가 많아서 상담이 길어졌고, 그가 잠시 자리를 비운 사이 나는 커피를 추가로 한 잔 더 마시고 싶어서 두리번거렸다. 직원 대부분이 분주하고 바쁜 듯했고 마침 여성 직원 한 사람이 일손을 놓고 있길래 커피 리필을 부탁했다.

물론 다른 젊은 남성 직원도 막 손님을 배웅하는 상태였지만 타이밍이 살짝 어긋났다. 아무리 고객이라지만 그렇다고 남의 살림살이를(스텝 공간이나 탕비실) 뒤질 수는 없지 않은가. 잠시 멈칫하는 사이 습관적일까? 아니면 내 안에 자리 잡고 있던 고정관념일까?

그 여성 직원이 더 편해서 부탁한 걸 수도 있었고 간발의 차이로 남성 직원의 일 마무리가 더 늦었다고는 하지만 그녀에게 말을 건네기가 더 쉬웠던 걸지도 모른다. 순간 그녀의 눈빛은 아주 잠깐이지만 '왜? 하필 나야?' 하는 것 같았고 멀리 있는 신입을 굳이 불러 세운다.

"○○ 씨, 여기 사모님 커피 한 잔 준비해 드려. 사모님 잠시만 기다려주시겠어요? 커피는 저 친구가 올려드릴 겁니다."

그녀의 빠른 응대와 친절함이 무색해짐과 동시에 나 역시 아차 싶었다. 굳이 여직원에게 커피를 달라는 나의 심보나 서열상 자기는 윗사람이니 아랫사람에게 시키겠다는 그녀의 심보가 막상막하다. 커피를 미룬 여직원은 밖을 내다보는 망중한이고 어려 보이는 신입은 미안할 만큼 맛있고 뜨거운 커피를 내게 공손하게 건넸다.

커피 심부름은 반드시 부하직원이 해야 한다는 서열상의 자존심 때문이었을까. 당신은 내가 여자란 이유로 하필 나에게 커피를 주문한 거니 보란 듯이 후임인 남성 직원에게 전가했단 뜻일까? 골똘히 생각해 봐도 알 수 없는 답이지만 분명한 건 그녀가 딱히 할 일도 없어 보였고 매장 안의 손님은 그다지 많지 않았다는 점이다.

잠시 자리를 비웠던 매니저가 테이블 위에 놓인 새 커피를 보면서 "사모님, 저희 매장 커피 진짜 맛있죠? 다음엔 제가 미리 더블로 준비해 놓겠습니다"라고 사람 좋은 환한 웃음을 건넨다.

"아, 아닙니다. 이쪽 매장은 커피를 손님이 직접 타서 마시게 해도 좋을 텐데요. 굳이……."

내가 말끝을 흐리자 매장 직원이 많아서 괜찮단다. 당연한 서비스라면서. 그렇지, 누가 타도되는 커피! 예전에 사무실에서 미스 김, 미스 리가 타주던 그런 빛바래고 비합리적인 관행이 아니라면 그까짓 커피야 전혀 문제 될 게 없는 건데 매장에서 대리쯤 돼 보이던 그녀도 나도 너무 예민한 게 아니었을까 싶다.

고의적이라고 할 수 없겠지만 개념 없이 커피 정도는 여자가 타 주는 게 맞을 거라고 은연중에 생각한, 습관 같은 나의 잘못된 정서를 인정한다. 상식을 깨부수며 권위와 권력 쪽으로 총알처럼 날아가는 사람들과 무엇이 됐든 앉은 자리에서 비열할 만큼 잇속 챙겨가며 거들먹대는 사람들에게 숱한 욕 들어가면서도 소신 있는 발언으로 깊이 있는 의식의 환기를 시켜주신 P 선생님께, 무언가를 잃어버릴지라도 마음을 열어 보이다가 진통을 겪어가며 한 단계 성장하고 있는 L 동지에게 따끈한 커피 한 잔 건네고 싶은 밤이다.

깨어 있는 좀비

가급적 에너지를 아끼자는 마음으로 살고 있다. 마음속에 화가 가득 찬 것도 아니고 늘 만족할 만한 데이터를 지니고 있지도 않다. 이게 칭찬일지 욕일지 모르겠는데 나는 늘 '지금! 여기!'에 충실한 사람이지만 즉흥적인 사람도 아니고 미래지향적인 사람도 아니나 매번 스스로를 검증하느라 복잡한 사람이긴 하다.

살다 보니 응용력이 뛰어난 사람은 문제의 포인트를 적시에 잘 잡아서 지혜로운 모습을 보이지만 나 같은 사람은 언제나 자신에게 솔직한 게 룰이라고 믿고 가슴속에 묻어둔 에너지를 바로바로 끄집어내서 사용하는 편이다. 언제나 느끼는 거지만 감성이나 성향 혹은 본질 같은 걸 화두로 삼는 것 또한 일정 부분 함정이다. 어차피 '나 원래 이런 사

람이야라고 단정 짓는 것도 에너지를 줄이는 데 별 도움은
안 된다.

섬약해서 아등바등하는 사람이 에너지까지 넘친다는 건
밑도 끝도 없는 최악이다. 내 안의 아주 같잖은 반듯함이라
고 믿는 것 또한 패착이다. 머리만 승하고 각성한 듯한 태도
도 별로이다. 에너지는 좀 덜고, 예민함은 적당히 버리고 설
렁설렁 가자. 이거 지킬 수 있을 것 같다. 할 수 있을 것 같다.

어쩐지.

명징한 불면

진민

죄를 지은 사람과
그 죄를 다 뒤집어쓴 사람과
죄과罪過에 대해 아무것도 모르는 해맑은 사람과
지은 죄에 또 다른 비루함 섞고도
뱀처럼 여전히 웃고 있는 자가
동시에 해를 기다리고 있다.
아니 해는 저절로 떠오르기도 하고

오늘처럼

고개만 삐죽 내밀기도 한다.

호수 위에 족적足跡처럼 어쩌면

수족水跡처럼 핀 나무를 봤던 그 기억 너머

선명해질 내일도 있을 테고

살짝만 보자

나는 스스로 무당이라고 생각할 때가 있다. 물론 신내림 한 번 받은 적 없지만 언제나 그 너머의 뭔가가, 피곤할 만큼 사람 혹은 상황까지 자꾸 보이는 거다. 그렇다고 오해하지는 마시기를. 내가 용한 점쟁이처럼 모든 걸 다 파악하거나 그런 척에 가까운 신기를 보인다는 건 아니니까.

아주 실없게도 자꾸만 사람이 섬세하게 읽혀 늘 피곤하고 괴롭기까지 하다는 거다. 의도하지 않은 것까지 다 보이는 상대의 심리 상태가 세상의 모든 이치를 거스르는 것만큼 대단한 것도 아니지만, 그러다 보니 자동으로 내 입지가 아니 정확히 말하면 내 처신의 폭을 줄이거나 소심해지기도 한다는 거다.

거짓말 같지만 내가 누군가에게 속았다면 그건 알면서

도 '그래 속아보자, 어디까지 가나?' 하는 주문을 걸기도 했
다는 거다. 물론 그렇다고 해서 단 한 번도 사람과 사람 사
이의 관계에서 실패하지 않았다는 건 절대 아니다.

나 역시 너무 상대를 잘 봐서, 아니 의도치 않게 너무 많
이 봐 버려서 오히려 실패하기도 한다. 남성에게 일종의 '무
당끼'가 있다면 대부분 숱한 사람과 소통하며 부대끼며 의
연하게 견뎌낸 경험치와 일정 부분 두뇌 회전이 아주 빠른
쪽이라고 생각한다. 반면에 여성일 경우는 예단할 수 없고
대개는 타고나길 그렇지 않은 걸까. 혹은 감성 말고도 단순
한 촉기가 무리하게 작용하는 생래 적인 쪽일 수도 있다고
생각한다.

점을 맹신하는 친구를 따라서 점집에 간 적이 있다. 자
꾸만 뭔가를 물어보고 앞일을 예측해 주려는 보살님을 보면
서 계속 심리적인 기미를 노리는 것 같아 나는 불편했고 몇
마디 나누다 만 그 보살님은 내게 한마디 한다.

"거 참 신기도 없는 젊은 양반이 기가 무쟈게 쎄네."

무당이 혀를 끌끌 차며 오히려 내 점은 봐주지 않을 테니
나가 있으란다. 그때 내 나이 서른 중반쯤이었고 상대 보살
님은 쉰은 족히 넘어 보였다.

새댁 시절, 친구들은 '베이비시터' 면접일이 다가오면 어김없이 나를 불러 차 한잔하면서 슬쩍 봐 달라고 했다. 이상하게도 한 사나흘 하다가 말 사람 같아 보인다면 딱 그랬고, 아이를 보다 말고 갈 사람 같다면 영락없이 쌩하니 가버린다거나, 오래오래 두고 볼 사람 같다면 나중에 둘째 아이까지 연결돼서 일하러 오는 이도 있었으니 이름하여 내 친구들 사이에서 나는 '베이비시터 면접관'으로 통했다.

나이 들수록, 갈수록 내 의지와 상관없이 더 심오하게 (아, 어쩌란 말이냐) 그러고 사느라 모든 기가 다 빠지고 있다. 사실은 누군가에게 다 보이고 말, 나 역시도 아무리 아닌 척 시치밀 떼봐야 딱 내 깜냥만큼의 허당임을 이미 다 보였으니 세상사 이렇게 다 보이는 게임이라면 무승부 아닐까 싶다. 사실은 너도나도 잘 보여서 사는 게 늘 성가시다. 너무 빤히 보지 말자. 너무 잘 보이려고 애쓰지도 말자. 그러니까 '보이는 게 다가 아니다'라는 것까지도 보자. 물론 세상 이치, 나도 보이는 거, 너도 보일 거라는 거다.

경아라는 이름을 가진 남자친구

"민아, 난 여자가 더 좋아. 그리고 난 내가 남자라고 생각해. 하지만 넌 내게 이성은 아니야. 진짜 친구지."

오랜 소꿉친구 경아의 말이다. 삼십 년도 더 된 이야기라서 오히려 더 현실적이다. 많은 걸 생각할 나이도 아니었지만 내가 좋아하는 친구가 그렇다니까 그래도 되는 거 같았을 뿐이다. 아무 말 없이 들어주면 될 것 같았다. 나도, 그도 어쩔 수 없는 일이란 걸 어렴풋이 느꼈기 때문이었다.

그는 위로 여섯이나 되는 언니들과 오빠가 한 분 계셨는데, 그의 어머니는 일찍 혼자 되고 외아들을 남편처럼 여기며 사셨다. 그런 아들이 갑자기 죽자 엄마의 막내에 대한 기대치와 가학이 갈수록 심해졌다.

너무 어려서 뭐가 뭔지 잘 모르겠지만 그의 기이한(?) 성향을 가장 먼저 눈치챈 것도 나였다. 집에 마음 붙일 곳이 없던 그 친구는 무엇이 잘못됐던 걸까? 그렇게 혼란스럽던, 단발머리 나풀 거리던 우리는 각각 주름진 얼굴의 중년 여성이 됐고 그는 어느 날 점퍼 차림으로 택시를 운전하는 아저씨가 됐다. 스스로 성 정체성을 자각한 결과였다.

고등학교 졸업 후 이런저런 직업을 전전하며 한동안 소식을 끊더니 어느 날은 카드 발급을 해달라며 찾아왔었는데 너무 지쳐 보였다. 괜찮냐는 내 물음에 여전히 사람 좋은 미소를 띠며 "왜, 힘들면 데꼬 살아줄라꼬? 하하하"라며 중지로 내 이마를 툭 친다.

농담은 허허롭게 느껴졌지만 단 한 번도 그런 그의 농담이나 친근하고 산뜻한 스킨십이 싫지 않았다. 그는 나의 사심 없는 '남자 사람' 친구였으니까. 그들만의 세계에서도 원칙은 있고 절대 도덕적 룰을 어기지 않는 범주에서 친구란 선의 경계 역시 함부로 헐지 않는다.

앞서 말했지만 오히려 나는 성인이 돼서 잠시 그가 심리적인 혹은 가정적인 상처로 인한 일탈이 아닐까 하는 염려로 유심히 그를 관찰했지만, 그럴 때마다 그는 해맑게 자신의 '여친'도 소개해 주고 어떤 날은 여친과 헤어졌다며 이별의 쓴 술잔을 기울이기도 했다.

자기 한 몸 살기조차 힘들어 성전환 수술은 꿈도 못 꾸며 허덕이는 그였기에 그가 남자란 생각을 선뜻 하지도 못했지만 그렇다고 여자라고 생각하지도 않았다. 그 녀석과 나는 그냥 친구일 뿐이다!

내가 생각이 짧고 후덕한 사람이 못 돼서 마음껏 그를 품어주지 못했지만 있는 그대로의 그를 인정해 주려고 노력만 조금 했을 뿐인데, 세월은 그렇게 쏜살같이 흘렀고 사회는 그가 원하는 본연의 성으로 받아들여 주지도 않은 채였고 녀석만 속절없이 늙어간다.

나는 잘 모른다. 하지만 내 친구 경아처럼 그냥저냥 마음처럼 몸을 일치시키지도 못한 채 살아가는 사람도, 뼈를 깎는 온갖 고통과 의지를 담아 남성이든 여성이든 새롭게 전환해서 출발하는 사람도 모두 거부해서는 안 된다는 게 내 지론이다.

사회적 이슈를 남기며 모 여자 대학 입학을 포기하고 쓸쓸하게 낙심한 어떤 레즈비언이라 불리는 한 인격적인 사람이 전화위복으로 더 좋은 학교, 사회에서 근사한 남자친구와 지난날이 될 요즘의 위기를 극복하길 희망한다.

페미니즘은 개뿔……. 잘못된 페미니즘은 개나 물어 가라지!

개발제한구역

불과 폭이 5미터도 안 되는 작은 길 하나와 마주 보는 아파트 단지 하나를 지척에 두고 있는 '개발제한구역' 표석이 보인다. 어쩌다 보니 강남에서 그리 멀지 않은 곳의 숲세권에 자리 잡은 아파트의 호숫가 전망이 시시각각 변화무쌍한 멋진 곳에서 살게 됐다.

인생이 꼭 계획대로 되는 건 아니겠지만 도곡동 아파트를 처분하고 이쪽으로 정착했을 때도, 지금도 후회는 없다. 금액으로 따지자면 큰 손해지만 삶의 질은 최상이다. 어설픈 목수가 연장 탓이라고 서재가 그럴듯하면 글이라도 잘 써질까 싶었으나 서재는 오히려 두리번거리기 딱 좋은 오픈 뷰다.

서재는 그렇게 음악 듣다가, 책 보다가 잠시 '멍 때리기'

도 하면서 코로나 시대에는 드디어 '혼자 놀기' 좋은, 쉬어가는 놀이터가 됐다.

어떤 날은 컨디션이 딱히 나쁘지는 않아도 머릿속이 온통 거미, 개, 달팽이, 소라, 멍게, 오리 날고, 뛰고 헤엄치며 종횡무진인 날이 있다. 호수의 절반쯤이 바람처럼 왔다, 갔다 하면서 계절 따라 화장을 하고 '나 좀 봐주세요' 유혹하면 나는 대뜸 그곳을 향해 눈길을 주고 만다.

계획대로 잘 사는 편이지만 유난히 올 한 해는 계획은 고사하고 현란한(?) 슬럼프가 개입돼 있어서 올스톱이긴 하지만 나쁘지만은 않다. 뜻하지 않은 삶의 파고다.

내가 바라본 내 삶 또한 〈개발제한구역〉에 서성이고 있으나 아슬아슬 그 경계에서 생을 다시 되돌아볼 수 있는 여력이 내게도 남아 있음을 거듭 확인하는 과정이기도 하다. 나, 이대로도 괜찮다. 아무것도 제대로 쓰거나 담지 않아도 이렇게 주저리주저리 쉬어가는 사랑방 같은 서재에서의 호숫가 관망도 나쁘지 않으니까.

그나저나 이리 뛰고 저리 뛰는 숲속의 고라니는 경계 구역 같은 거 없이 마냥 자유로워 보이지만 녀석에게도 우리 쪽의 징검다리까지 '개발제한구역'인가 보다. 그 이상은 절대 경계를 넘어오지 않는다.

　사람이든 동물이든 그들만의 리그가 분명하고 또 때로
는 그 경계 구역 너머의 것에 곁눈질할 필요도 없고 또 그래
서는 안 된다는 표식 같은 거, 손해를 감수하고 강남이 아닌
이곳 수도권 경계에서 천혜의 자연을 누리는 것만으로도 진
심으로 감사하다.

　아이러니하게도 내가 지금 살고 있는 이곳 역시 불과 몇
년 전까지는 개발제한구역, 이른바 그린벨트였다.

유구라는 선술집에서

우연이겠지만 선술집 내부에는 〈세월이 가면〉이라는 노래가 흐르고 있었다. 학생인 줄 알았던 처자들은 직장인이고 그중 한 명이 조만간 결혼하나 보다. 그녀들의 대화 중 십중팔구는 'ㅈ나', 'ㅈ나' 였으니 문자로 담기조차 민망할 지경이다.

아, 설마 시집가서는 습관처럼 그런 말들을 사용하지 않겠지? 제발 그랬으면 싶다. 괘종시계가 뗑그렁뗑그렁 울리고 일력이 한 장씩 뜯기는 선술집 이름이 '유구悠久'라니, 어쩐지 유장한 느낌마저 든다. 요즘은 결혼식장에서 신부의 가방을 책임지는 사람을 '가방순이'라고 하나 보다. 곧 신부가 될 그녀의 '가방순이'가 큰 소리로 말한다.

"야, 술 마실 때, 부르면 바로바로 나와."

넬모레면 시집갈 예비 신부인 그녀가 호탕하게 웃으며 대답한다. 오빠가(남편) 안 보내 주면 내가 바로 이단 옆 차기 하고 냉큼 나오겠노라 호언장담 중인 유구한 술집에서 그녀들은 욕구에 가득 찬 이야기로 술잔을 부딪친다. 이번엔 다이아몬드가 몇 캐럿이 최고였으니 다음엔 내가 그 작고 반짝이는 숫자를 좀 더 경신해 보겠다는 비장한 각오와 함께.

유구 욕구 유구 욕구 유구 욕구······.

문득 연결 고리로 묶어 본다. '욕구'란 낱말에선 이상하게도 비이성적인 냄새가 난다. 성적 욕구든 식욕에 대한 탐닉 같은. 그러나 '욕구'는 참신할 수도 있다. 나만 알고 있는 것도 아닌 아주 비루한 해석이지만 그 욕구가 쌓여서 유구한 탑 하나도 쌓을 수 있음에야.

어떤 말에는 묘하게도 그 낱말이 가지고 있는 독특한 이미지가 있다. 전혀 다른 낱말이지만 '유구'에서 묘한 호기심과 진정성이 느껴진다면 '욕구'에서는 어쩐지 덜어내고 싶고 버리고 싶은 느낌이 든달까.

모든 게 참 신기하고 모든 게 참 많이 바뀌었지만 내가 유유자적 품었던 그 언제쯤 저녁놀만큼이나 이 밤, 이 저녁도 유구하게 흐르고 있다. 물리적인 이유나 타협을 떠나 자율적인 나만의 삶이 기껍다는 게 감사하고 고맙다. 지금 온전한 나의 이 시간도 그렇게 흐르는 중이다.

유구하게.

'절대로'라는 말

'자신 있었다'란 말이 얼마나 허망한 건지. '절대로'란 거절대 없다.

몰디브 입국 당시 장난삼아 '허니문'이라고 기록했다. 섬하나가 통째 리조트로 형성된 것 자체가 또 하나의 이벤트였으니, 그날 저녁 뜻하지 않게 리조트 측의 협찬으로 우리는 일몰이 근사한 바닷가 모래사장에서 샴페인을 터뜨리며 '허니문' 파티를 했다.

아니라고 말할 타이밍은 이미 놓쳤으나 뜻밖에도 그곳사람들의 시선이 놀라웠다. 우리나라 여행지에서 중년인부부가 '허니문'이라고 했을 경우 야릇한 시선과 기껏해야재혼 부부가 아닐까 하는 궁금증 정도였을 텐데, 그들은 '너희 정말 축하한다!'라는 아주 개운하고 진심 어린 반응 딱 거기까지였다.

J사의 블루투스 스피커를 주문했을 때 따라온 텀블러가 디자인은 세련됐으나 사은품이란 이유만으로 성능이 하찮을 거란 생각을 하고 버릴까 하다가 잊고 있었다. 그런데 급히 쓸 일이 생겨 손에 잡히는 대로 사용했더니 와우! 제값 치르고 산 그 어떤 텀블러보다도 크기와 성능 면에서 최고였고 쓸수록 애착이 갔다. 사은품이란 이미지를 내 마음대로 한정시켜 떠올렸기 때문이지 제품은 더할 나위 없이 출중하다.

우연히 포스터 하나를 유심히 보았다. 22년 전에 잃어버린 딸을 찾는 슬픈 사연이었다. 아주 짧게, 나는 매우 비관적인 생각을 했다. 설마하니 못 찾을 거야, 어떻게 찾을 수 있을까? 22년이나 지났는데 말이지. 그러다 곧바로 다시 생각을 떠올렸다.

아니다. 고정관념은 바꿔야 한다는 신념이 필요하다. 다틀릴지도 모르고, 다 맞는 것도 아니지만 그것이 희망이기 때문이다. 세월 지났다고 왜 내 방식대로 결론을 짓는가 말이다. 잃어버린 부모님께도, 헤매고 있을 그녀에게도 희망은 있을 거란 기도를 바치며 진심으로 내 불길한 잘못된 관넘을 반성한다.

뜻하지 않게 '난 절대로 안 그래'란 생각을 벗어버린 지 제법 오래다. 이젠 '절대로' 대신 좀 더 유연하게 새로운 틀을 만들 생각이다. 저스틴 김이란 어린 친구의 〈스노우맨〉을 들으며 나도 모르게 어설픈 그루브를 따라 한다. 아하! 젊은 국악인 이희문 님이 부른 싸이의 〈나팔바지〉 버전도 근사하다.

어젯밤 전화기를 타고 흘러나오던 '유목민'의 박 사장, 그녀의 〈봄날은 간다〉 구성진 육성에 느닷없이 눈물이 흘렀다. 노래를 들으며 '울기, 있기, 없기!' 외치며 절대로 청승 떨지 않을 거란 맹세도 다 지나간 객기다.

'절대로.'

'절대로'란 살아가면서 부정의 의미로는 절대(?) 없을 화두라고 믿자.

부끄러움의 끈

줄고 긴 의자에 여인은 다리를 한껏 꼰 채로 거의 눕듯이 앉아 있었고, 그 안쪽에 있던 남자는 그녀를 넘어서 밖으로 이동해야 할 판국이었다. 나는 그들의 등 뒤에서 아슬아슬하게 쳐다보고 있었다.

"아무개 씨, 아무개 씨."

두어 번 부르는 간호사에게 다급하게 "네" 하고 대답하던 남자는, 여자의 다리나 몸쪽으로 최대한 닿지 않게 비켜서 나오느라 거의 기예 수준의 묘기를 부린 끝에 가까스로 해방됐다. 순간 나는 그녀의 뒤통수를 있는 힘껏 후려치고 싶었다.

이처럼 즉각적이면서도 몰상식한 생각이 들게 한 건 순전히 부끄러움을 모르는 그녀 탓이라고 말하고 싶다. 난처

한 사내가 성큼 나갈 수 있도록 벌떡 일어나 잠시 자리를 비켜주고 다시 앉는 게 도리가 아닐까 한다. 아니, 최소한 자신의 상체와 하체를 웅크려서 비어 있는 공간을 확보해 줘야 하는 거다.

무신경과 염치없음의 발로는 부끄러움이 거의 손상됐을 때라고 생각한다. 조금만 상대의 상황에 신경을 쓰거나 조금만 염치를 알면 대부분 곤란한 일이든 손해 볼 일이 없어지는 거라 믿으며 노력했지만 역부족이다

요즘 들어서는 그게 다 '부끄러움의 끈'을 상실해서 나타나는 현상이라고 믿게 된다. "저, 잠시만 비켜주시겠습니까?"라고 묻지 않았던 그 남자도 사실 다소 융통성이 없어 보이긴 했지만, 무신경하게 여자의 다리가 풀리도록 툭툭 치고 빠져나올 수도 있었을 테니까.

이제 와 생각해 보니 좁은 공간에 주차할 때 뒤차가 기다리면 한 바퀴 도는 한이 있더라도 포기하고 쌩하니 차를 돌려서 다시 주차를 시도하는 나는, 타인에 대한 배려였다기보다 졸지에 '김 여사' 되는 걸 부끄러워했기 때문일 수도 있겠다 싶다.

본인 차는 거칠게 몰면서 보행자가 조금만 진로에 방해

한다 싶으면 클랙슨을 빵빵 울려대는 친구에게 뭐라고 했던 나는, 그녀의 염치없음을 탓했던 게 아니라 보행자의 따가운 눈초리가 부끄러웠던 것도 같다.

나이 먹으면서 가장 슬픈 일은 부끄러움에 대해 무뎌지는 나 자신이다. SNS상에서 글을 쓰면서도 부끄럽고, (어차피 신변잡기이니 문장력과는 별개로 자신을 들키는 일이므로) 오프라인이 아닌 온라인의 벗에게 너무 친한 척하거나 쓸데없이 오버하는 것도 부끄럽고, 아무 말 잔치를 유머로 남기는 것도 부끄러워지는 요즘이다.

그러고 보니 부끄러움을 상실하는 건 질 나쁜 '나이 듦'이다. 아는 것도 없이 주장하거나 싫어하는 줄도 모르고 나대거나 딱 이만큼인데 저만큼까지 나가는 걸 알면서도 눈 질끈 감는 일이기도 하다.

그악스럽게 따져 묻고 반드시 이겨 보겠다는 것도 모두 다 상실감이고 부끄러움인데 너무 많이 하고 사는 거다. 내가 버선발로 잘 잡고 있던 균형을 일순간 놓치고 나서 맨발이 되고 보니 그 부끄러움 상실에 터보 엔진을 달아 놓은 것 같은 황망함이라니…….

다시 돌아갈 수 있을까? 순정한, 너무 맑아서 생각조차 부끄러워 고개 숙이며 연신 마음을 다듬고 매만지던 그때로 갈 수 없을 거라는 게 절망이긴 하지만, 자주 더 자주 가을 볕에 잘 말린 고추처럼 빨갛게 얼굴이 달아오르는 부끄러운 끈 하나 다시 매달아야겠다.

어디 도망 안 가게 꼭꼭 잘 동여매 놓고 브레이크 걸듯 '부끄러움'이란 걸 다시 소환하며 살아보자. 어쭙잖게 누굴 가르치려 드는 글이 아니고 자신에게 다짐하는 기록이기도 하다.

추모의 마음도 습관처럼

매뉴얼대로 사는 삶, 그리고 습관이란 것은 참으로 두려운 힘을 지닌다. 23년을 차례와 제사와 여러 가지 집안 대소사를 혼자 감당했던 나는 이왕 하는 거 일체 군말은 안 했다.

다만 솜씨가 뛰어나거나 재바른 쪽이 아니라서 무작정하다 보니 시댁인 평양과 친정인 함흥식의 혼합형이 되긴 했다. 그런 내가 안쓰러웠는지 어머님을 모신 자리에서 남편이 일방적으로 중대 발표를 했다.

집사람이 외며느리도 아닌데 혼자서 할 만큼 고생했으니 이젠 모든 절차는 간소화하고 묵념과 기도 정도에서 진심 어린 예를 갖추는 거로 대신하겠노라고. 딱히 반대할 이유도 없었지만 정말 그래도 되는지 몹시 혼란스러웠는데, 어머님께서 따로 조용히 부르시더니 지방의 아주 작은 상가

문서를 건네주신다.

"아가, 이적지 너 혼자 애 많이 썼느라. 어쨌거나 느그 아부지(시아버님) 제사상에 난 숟가락 하나만 더 얹어 주면 된다고 생각허니께 너만 믿는다. 애비 말이 옳다. 그래서 주는 상이니 아무 말 말고 받거라. 애비는 속없이 착해서 보증 같은 거 서면 안 되니께 재 앞으로 하는 거보다는 야무지게 니 앞으로 딱 이름 박아 놔야 헌다"라는 명령과 함께 양손에 꽉 쥐어 주신다.

당신의 부재 이후 걱정까지 하시면서 둘째 며느리인 내게 모든 마음을 들여놓으셨다니 홀가분해진 차례상이나 기일을 마냥 기뻐하기보다 어깨가 더 무거워지는 것 같았다.

어머님의 깊은 뜻은 내 마음을 편하고 기쁘게 해 주려고 하사하신 진심 어린 선물이었다. 나는 냉큼 받으면 도리도 아니고 양심 불량 같아서 남편 명의로 등기를 했고 역시나 속없는 내 사람은 '일석이조' 아니냐고 벙글벙글 웃었으며 갈등 없이 모든 게 평화로워졌다.

물론 일 서툰 나도 만년 독박 시집살이를 종료하게 됐다. 그런데 참 신기하다. 명절이나 기일이 되면 가만히 앉아 있자니 몸 둘 바를 모르겠고 자꾸 뭔가 해야 할 것 같고 가

162

습은 휑하다. 게다가 올해는 코로나 국면이라 이동도 삼가라니 올스톱이다.

몸이 근질근질하다. 벌써 몇 해가 지났는데도 전을 뒤집고 조기의 비늘을 벗기고 나물을 데치던 내 안의 주부 근성이 왜 이번 추석엔 자꾸 들썩거리는 건지 모를 일이다. 역시 사람 사는 일은 내용도 중요하나 형식도 그에 못지않게 중요하긴 한가 보다.

아닌 게 아니라 어머님께서는 한사코 내 이름으로 가져가라던 상가를 당신 아들 이름으로 해 놓자 은근히 더 좋아하시니 말이다. 시어머님 생전에 살뜰히 보살펴 드리진 못했어도 최선을 다했고 이제 당신께서 하늘나라에 계신 시아버님 곁으로 가셨지만 나는 거듭거듭 마음을 다잡는다.

어머님, 걱정하지 마세요. 제가 이래 봬도 의리는 있습니다. 양쪽 시어른들께 추모의 뜻은 깊이 있고 따사롭게 반드시 해드릴 겁니다. 베풀어 주신 사랑 탓에 오늘따라 정말 그립습니다.

아버지의 화랑무공훈장

친정 아빠는 돌아가실 때 채권까지 유산으로 남기셨다. 호형호제하던 도곡동에서 제법 큰 요식업을 하던 아우란 사람은 모든 명의를 다른 사람으로 이미 돌려놓았고 애초에 갚을 의지가 없어 보였기에 난 괘씸해서 소송을 걸어 원고 승소 판결을 받아 냈다.

하지만 남겨진 빚을 받을 권리가 돈으로 환원되어 돌아오는 과정은 요원했다. 시간이 흐르던 차에 법원의 담당자로부터 전화가 와서 확인할 게 있으니 금융 시스템 사이트로 들어가 보란다. 하필 그 전화를 받은 때가 채무자인 최 사장이 폐업하는 중이어서 다급했고 잠시 흔들렸으나 이내 마음을 가다듬었다.

당시 담당인 변호사에게 전화를 걸어 확인해 보니 보이

스피싱이다. 어이없게도 걸려들 뻔한 타이밍의 절묘함, 그리고 상대 남성의 신뢰감을 불러일으킨 차분한 목소리에 웃음이 났던 기억이 새롭다.

아빠는 호탕한 분이셨고, 약주를 드시면 언제나 나에 대한 칭찬을 과분하게 하셨고, 또 노래를 어찌나 잘하시는지 가수가 아니었을까 싶은 멋쟁이였으나 한편으론 과묵한 분이셨다.

평소 나는 모르는 번호로 전화가 오면 거의 받지 않았고 어쩌다 받고 싶을 때 우연히 걸린 전화로 절묘한 순간이 있다. 딱 그런 전화다.

상대방이 "이○○ 님이 아버님이시죠?"라고 물었을 때 난 이미 보이스피싱이라 생각했고 아주 오래전 기억을 떠올려 전화를 끊으려고 했으나 상대가 너무 많은 내 정보를 알고 있었기에 조심스러워하면서 공손히 거부하고 일단 통화를 종료했다.

그 전화를 하필이면 손톱 손질 중에 받았기에 단골 네일숍의 원장도 놀라워했다. 나 역시 그들이 범죄자라면 후환이 두렵다며 애써 기억을 지우려는 중에 문득 드는 의문이 아빠께 단 한 번도 6.25 전쟁 참전에 관한 이야기를 들은 적이 없었다는 사실이다.

게다가 통화 후 곧바로 화랑무공훈장을 집으로 보내 준다는 문자가 와서 더 당혹스러웠다. 혹시나 하는 마음으로 면밀하게 검색을 해보자 그런 훈장도 있었고 그 훈장을 찾아 후손이나 당사자에게 전달해 주는 조직이 실제 존재하는 여러 게시물이 보였다.

나는 결코 믿을 수도 없었고 이미 2003년에 돌아가신 아빠의 인적 사항을 모두 꿰뚫고 있는 게 더 놀라웠으나 단순 보이스피싱이라고 덮고 싶은 마음보다 뭔가 속 시원하게 알고 싶은 마음이 더 컸다.

내 직관을 믿어보기 전에 그 직관을 타고 흐르는 기본부터 훑어보자 싶은 차에 그 전화번호를 일단 '보이스피싱'이라 입력 저장한 후 카톡으로 연결해 상대방을 파악해 보기로 했다. 보통은 프로필에 사칭한 사진이 한두 장 있을 수는 있겠으나 너무나 많은 그분의 활동 상황이 공개될 만한 사진들로 즐비하다.

"유재영 조사관님, 죄송합니다. 선생님을 제 폰 리스트에 '보이스피싱'이라 저장한 건 전면 수정했습니다."

돌아가신 아빠는 실제로 〈화랑무공훈장〉의 대상자가 맞

았고 어릴 적 가족 앨범을 꼼꼼하게 살펴보니 당신의 군 복무 시절 사진들과 퍼즐이 맞춰졌다. 나는 가족 앨범을 볼 때마다 예전엔 아빠가 약국에 계실 때 사진에만 집중했었던 것 같다. 보고 싶은 것만 보는 게 얼마나 허망한 건지 이해된다.

훈장을 직접 전달해 줄 수 있다지만 우편으로 수령하는 편이 그분들 노고를 덜어드릴 것 같아 우편으로 접수했다. 유재영 주무관님께는 아빠가 공병 중 '통신병과'였을 것 같다는 설명도 들을 수 있었다. 게다가 계급장으로 봐서 일등 중사 요즘으로 치면 하사였단다.

놀라운 건 유일한 딸인 내가 보훈처에 '국가 유공자'로 등록이 가능하단다. 이 무슨 팔자에도 없을 감사한 이력인가.

내게 아빠는 언제나 품위 있고 신사 같은 분이셨으며 무한 애정을 행사하면서도 늘 방관자 같았던 분이다. 엄마를 일찍 잃은 나에게 아빠보다 할머니 할아버지가 더 부모님 같았던 처지였기에, 이제는 친정 어르신들이 더 이상 나의 보호자는 아니지만, 뒤늦게 받은 이 훈장이 문득 피를 나눈 아버지를 떠올리게 했다.

당신도 몰랐을, 아니 몰랐던 무공 훈장의 거룩함과 더불어 아쉬움과 그리움 담아 훈장의 무게를 글로나마 이렇게 풀고 싶다. 유재영 조사관님께는 잠시나마 오해해서 진심으로 죄송하고 거듭 감사드린다.

〈6.25 무공 훈장 찾기〉 국방부 프로그램이 순조롭길 소망하며 혹시 연결 고리가 있으신 분들은 눈여겨보고 꼭 확인하길 바란다.

"아빠, 이번 설날에 찾아뵐게요. 그때 봉안당 한편에 아빠의 무공 훈장 걸어 드릴게요. 이참에 국립묘지로 이장이 된다는데 아빠의 의견은 어떠신지 묻고 싶어요. 제 생각은 국립묘지는 너무 만원이라서 그냥 편안히 숲속 아늑한 봉안당에 계셔도 좋을 듯합니다. 어디에 계시든 가장 가까운 제 마음으로 당신을 기억할 거니까요."

전달된 '화랑무공훈장'은 아빠가 모셔진 음성의 '생극당'에, '국가 유공자' 증명 카드는 나의 지갑 속에 잘 모셔 뒀다.

말랑말랑한 감정은 단단한 기억보다 강하다

좋아하거나 편애하거나 혹은 죽도록 내려놓지 못하는 것에 가능한 한 의리를 지키는 쪽이다. 계절에 한 번씩 그림과 사진과 조각이나 장식품들을 자리 바꿔서 배열하다 보면 센터를 차지하는 작품은 거의 반복적이다.

나의 취향을 존중해 주는 남편과 딸아이는 전혀 개의치 않으니 딱히 문제 될 것도 없고 내가 싫증을 내는 편도 아니니까 1년에 고작 해봐야 자리바꿈하는 일이 서너 번이고 뭔가 룰을 꼭 지킬 필요도 없다.

작지만 묘하게 거실 TV 옆자리를 안 떠나는 두 작품을 보면서 씨익 웃는다. 가을 햇살은 죽고 싶을 만큼(이런 표현, 오글거리지만 오늘은 진짜 그러하다) 뜨겁고 환하게 거실 가득 볕을 부려 놓는다.

문득 영화 〈페드라〉의 한 장면과 음악이 마구 감정 세포를 자극한다. 장렬한 그 탐닉의 끝처럼 음악은 볼륨 업, 커피는 산미 가득하게 그리고 마음은 최대한 릴렉스하게 열어놓고 귀 기울인다.

스무 해가 넘도록 장을 보고 재료를 다듬고 기름 냄새로 범벅인 채 혼자 동분서주 며느리 임무를 수행했던 그 마지막 행사를 몇 해 전 가족회의와 시어머님의 허락하에 모두 접었다. 그런데도 습관은 무서운 법, 날라리 주부처럼 명절 전날 이토록 한가할 수 있다는 게 신기하다.

차례나 제사를 약식으로 정한 첫해는 좌불안석, 이래도 되는 건지 싶어서 견디기 힘들었는데, 심지어 어제는 딸아이가 만든 안주로 와인 한잔하면서도 문득 불안감이 스멀스멀 올라오기도 했다. 살다 보니 이렇게 터무니없는 헐렁한 일상도 있고 괜한 심술로 싫증도 좀 내보면서 멀뚱댔다.

어떤 드라마에서 흘린 대사다.

'감정은 기억보다 강하다. 오히려 기억은 단단하지 않다. 찰흙과 같아서 빚어지는 대로 바뀔 수도 있고 감정에 의해서 무너지는 거란다.'

내 기억 저편에서 전을 부치거나 김장을 하고 혹은 어설픈 가자미식해를 만들어 보던 소중한 추억들. 시차대로 또렷하게 이어지지는 않았으나 그 당시의 해묵었던 감정들이 강렬하게 올라온다.

전을 부치다 말고 슬며시 돌아가신 아빠를 떠올리며 훌쩍이든 그리움과 가자미식해를 하려고 참가자미를 구하기 위해 주문진항 근처 어딘가를 돌며 남편 따라서 길 떠나 의지하던 신뢰감이 찾아든다.

때로는 냄새로 기억하는, 잘 익은 김치의 맛이 떠올려지기도 하고……. 식상한 표현이지만 날카로운 첫 키스의 뎅그렁뎅그렁 종소리 가득하게 울리는 듯한 첫사랑이라니. 그 어느 쪽이어도 좋을, 기억을 압도하는 감정에 몰입하는 달콤 쌉싸래한 하루쯤이어도 좋을, 그런 날이다.

브레이크와 액셀러레이터는 언제 밟을까

아이를 열두 명쯤 낳아서 단체 배식이 가능할 만큼 북적이는 가정을 이루고 싶었지만, 딸아이 하나 낳고 더는 낳을 수 없을 만큼 아팠었다. 딱히 불임은 아니었으니 그때 죽을 각오로 두어 명쯤 더 낳았으면 어땠을까 싶다.

그만하면 '개인 산문집' 한 권 정도 묶어도 된다고 등 떠밀어 주시던 윤 교수님과 조 주간님과 여러 선배님의 채근을 애써 못 들은 체했다면 지금쯤 덜 뻘쭘했을지도 모른다.

그 어떤 계기라도 연초라고 해서 혹은 연말이라고 해서 의미 두고 싶지는 않다. 시기란 건 스스로 넘기지 말아야 하는 관건일 뿐이다. 그때 미련 없이 브레이크를 밟았더라면 혹은 그때 있는 힘껏 액셀러레이터를 밟았더라면 하는 어떠한 지점이었을 '망설임'이 여러모로 애석해진다.

어쨌든 나는 그 어떤 눈부신 시절을 놓친 사람이기도 하고, 하지 말았어야 할 가장 큰 위기에 발을 담그기도 했고, 무엇보다 지금은 크게 뭔가를 질러야 할 시기, 매우 치명적인 시기의 분기점에서 아주 잘 참아내고 있다.

스스로가 대견하기도 하지만 한편으로는 이 미련스러움이 훗날 내게 아름다운 후일담이 될 거라고 믿고 싶다. 내가 좋아하는 것을 위해서 아주 조금 비굴할 수는 있을지 모르나 진정으로 목적한, 사악함을 위해 비굴한 건 죄악이다. 아니 사회악이다.

누군가에게 '적절한 시기'는 상대를 위해 기다려주는 배려이기도 하니까 말이다.

"가끔 스스로가 되게 좋아질 때는 제가 순해지거나 착해질 때예요. 그리고 아이처럼 칭찬을 좋아해요. 쑥스러워하면서도 막 없던 힘도 생겨요."

한 지인의 코멘트이다. 이 얼마나 부러운 소신인가? 반대로 나는 내가 순해지거나 착해질 것 같으면 마구 불안해진다. 촉과 날을 세우고 근성이 바닥까지 쳐야 안심되는 못난 사람이다. 타인에 대한 칭찬에 인색하지는 않지만 내게오는 칭찬에는 늘 서툴고 몸 둘 바를 몰라 하는 쪽이다.

칭찬에 부끄러워 '립서비스라도 고맙다'라고 말했다가 오히려 꾸중을 들었다. 진심 어린 칭찬을 왜 하찮은 립서비스로 깎아내리느냐는 것이었다. 듣고 보니 그조차 나의 못난 반응이다. 그래, 그럴 수 있지. 문자로 대신하는 칭찬에 대한 반응이 좀 천연덕스럽다 한들 그게 무슨 대수라고. 요즘 들어 간간이 뻔뻔해지고 있다.

아니 그러려고 노력한다. 하지만 난 이상하게 대놓고 나쁜 인간들보다 아닌 척하면서 고급스럽게 위장한 나쁜 사람들이 병적으로 더 싫다. 어쩌면 그래서 더 방어 기제가 활발하게 작동한 건지도 모른다.

그러거나 말거나, 유순해지기 위해서가 아니라 바르게 서기 위해서 착해지고 순해지자. 그런 내가 한없이 좋아지자. 지인의 말처럼 칭찬에도 해맑게 웃자. 사람을 정확하게 바로 보아서 얻어낸 축복이 크다면 내가 건네주는 이미지에 상처입히지 말고 나 또한 실망하게 하지 말자, 가능한 한 누구에게나. 가급적 시간이 흐르면 결코 건넬 수 없는 게 있는 법이니까.

롸잇, 나우!

김장에 대한 지극히 사적인 견해

부동산 사무실은 미용실과 달라서 비교적 여러 부류의 손님들이 드나든다. 미용실은 취향의 문제이니까 비슷한 스타일이 모이는 것 같다. 부동산 사무실 대표님을 기다리느라 실장님과 이런저런 이야기를 나누는데 두 분의 아주머니가 들어와 일보다는 김장 이야기를 한다.

어딘가에서 '밭떼기'란 걸 하는데 배춧값이 많이 내렸고, 새우젓과 황석어젓을 두 분이 나누려고 하는데 양이 좀 많아 그러니 대뜸 3분의 1을 나에게 사지 않겠냐고 묻는다. 나는 김치는 사 먹는 편이라고, 정중하지만 조금 낮은 목소리로 거절했다.

자칫 나보다 많이 연장자인 그분들에게 게으르고 몹쓸 아낙이 되는 건 시간문제다. 그도 그럴 것이 "아니 그럼 김치는 안 먹남? 에휴, 김치 담글 줄 모르나벼" 대충 이런 레퍼토리에 그저 좀 이해받는 정도가 '팔자 좋은 아낙'이 되는 거다.

한바탕 김장 이야기로 자리를 털고 일어난 여사님들은 아파트 단지에 대형 평수를 여러 개 지녔고 임대료가 제법 많으며 '김장은 반드시 내 손으로'가 삶의 모토인 분들이다.

일평생 고생해서 모은 돈이든 졸부였든 부동산이 부의 상징이 돼 버린 시점에서 연령층이 높을수록 '김장은 반드시 내 손으로, 밥은 꼭 집에서' 이런 원칙을 지키는 사람들의 삶의 방식을, 뭐든 다양성 있게 혹은 적당히 소비하는 쪽인 나로서는 충분히 이해되는 부분이기도 하다.

많은 양의 마늘은 까서 곱게 갈아 주고, 쪽파는 잘 다듬어 씻은 뒤 가지런히 채반에 받쳐서 물기를 쭉 빼고. 일련의 과정 중에 절반 이상을 도와주는 남편 덕에 나는 신혼 초부터 해마다 김장을 했다. 무게가 제법 나가는 배추 절이는 일도 그의 몫이었고 재미있어하는 내가 총각김치나 깍두기를 추가로 한다고 우기면 못 이기는 체, 시키는 대로 척척 조수 노릇을 해 주었다.

그렇게 공들여 담은 김치는 맛이 그럴듯했고 운이 좋으면 기가 막히게 성공적인 김장 김치로써 소진이 너무 빠르기도 해 오히려 몇 포기 더 담을 걸 그랬나 아쉬울 때도 있었다. 김장의 백미는 뭐니 뭐니 해도 잘 버무려진 속을 부드럽고 작은 배춧잎에 싸서 서로의 입에 넣어주기도 하고 굴이나 보쌈과 함께 먹는 게 아닐까 싶다.

단순한 '김장 김치'라는 먹을거리가 아닌 김장하던 날들의 알싸한 추억이 갑자기 마구 그리워진다.

"올해는 다시 김장 한번 해 볼까나?"

"아서라 걍 사 묵자."

"왜? 나는 하고 싶은데, 올해는 꼭."

남편이 내 팔을 높이 쳐들어 나의 눈앞으로 당기며 말한다. 젊을 때야 뭘 해도 되는 팔목 같은데 지금은 안쓰러운 팔이란다. 신혼 때의 팔목 굵기나 지금이나 마찬가지였을 게 뻔한데, 아니 오히려 지금은 몸무게가 더 나가는 마누라를 걱정한다. 그의 배려로 김장 안 한 지도 어느덧 십 년은 더 된다.

생래적으로 먹는 게 서툴고 안성맞춤인 듯 서툰 나와 죽이 척척 맞는 남편은 그래서 '종갓집 김치'로 만족해하며 일절 군말이 없다. 고맙고 지극히 감사할 일이다.

딱히 김장 시즌이랄 것도 없는 추세이긴 하지만 친하다

싶은 한 친구의 말이다.

"어머, 우리 그이는 사 먹는 거 질색이야, 울 엄마 김치 아니면 밥을 안 먹는다니까."

그래 친구야, 너 잘났다. 너야말로 친정 어머님도 계시니 복이고, 네 손으로 안 해도 되는 부엌일도 네 복이다. 근데 너희 집 남편은 장모님 없으면 어떡할꼬.

나?

난 뭐든 잘 먹어주는 남편도 내 복이고 가느다란 팔목이 안쓰럽다고 걱정해 주는 남편도 예쁘고 무엇보다 배운 적도 없는 김장을 뚝딱 해치울 수 있었던 오만방자한 나의 배짱도 그래서 좋다. 김치를 사서 먹는다고 입맛이 꽝일 거란 선입견도 좀 버리고 날라리 주부는 맨날 꽝인 음식을 내놓을 거란 편견은 좀 아쉽다는 거다.

어쨌거나 바야흐로 김장철이다. 빨갛게 잘 버무려진 김칫소 한입 싸서 입안 가득 오물거려보고 싶은 그런 날이다.

결이 다른 체면

'남을 대하는 도리.' '체면'의 사전적 의미다.

나는 체면을 좀 달리 생각하고 살았나 보다. 너로 인해서 내가 망신당해도 안 되는 거고 스스로 뭔가 잘못해서 욕을 먹어도 안 되는 거, 말하자면 타인에게 책잡히면 안 되는 거로 잘못 알고 있었다.

아마도 체면이란 낱말을 사용하면서 사전적 의미보다 얼핏 든 생각은 나처럼 본인이 스스로를 위해 세우는 '무게' 내지는 '폼'을 잡는 정도로 인식하는 부류도 더러 있는 듯싶다. 그렇다 보니 체면을 억지로 중요하게 여기지도 않으나 명분 없는 체면도 별로이다. 그럼에도 '반드시 지켜야 한다' 라고 믿었으니까. 쉽게 말해서 체면이 이타적인 출발이 아니라 이기적인 출발쯤 된다고 생각해서일까? 때로는 타인의 우월적 태도에 기분이 상하기도 한다.

이를테면 본인의 체면이 구겨졌다거나 선민적 사고에서 0.1이라도 벗어났다 싶으면 못 견디는 태도나 마음을 들키고 싶지 않거나 인정하지 않고 싶을 땐 심하게 당황해하거나 의외의 반격을 가하는 사람을 더러 보게 된다.

그런 맥락에서 '선민주의'와 체면이 상충하는 지점에서 허둥대는 사람은 부담스럽다. 본인에 대한 깍듯한 호의와 예의를 보였어도 자신의 알량한 선민주의(이마저도 인정하고 싶지 않겠지만)태도로 '그깟 것쯤이야.' 혹은 '어쩌라고, 난 뭐 별로' 하는 사람 치고 품이 넓은 사람 못 봤다.

달리 말해서, 상대방은 진정한 선구자이거나, 아니면 체면치레조차 못하는 사람일 뿐이다. 내가 매우 못 견디는 일이 가장 선한 얼굴로 세상 넉넉한 품인 양 조용히 저울질해가며 실은 간장 종지보다 못하게 자발스럽거나 용렬한 위인이다. 좀 더 보태자면 글에서조차 현란한 기교나 우회적으로 교묘히 소신을 포장해 놓고 시치미 뚝 떼는 스타일도 싫다.

미안하지만 속은 이미 다 들키고도 점잖아지고 싶어서인지 혹은 품이 넓은 체하려고 짐짓 표리부동한 짓을 예사롭게 하는 사람들이 쉽게 보인다는 뜻이고 나조차도 더러는 자신에 대해 이유 없는 너그러움으로 포장되는 건 아닐까 살피게 된다.

낮추고 또 낮춰가면서 알량한 진영 논리나 감성팔이 하지 말자는 내 의지가 아주 하찮은 게 아니라면 정치적 견해가 달라도 충분히 소통하고 가까워질 수 있다고 믿는다.

"그냥 어쩌다 좋은 일 하다 보니 이게 생업으로 이어지네요, 도와주십시오" 하면 될 걸 체면이란 허울로 끝까지 슬픔에 빠진 '세월호' 희생자들 이름 걸어 놓고 폭리마저 취했던 고약한 어떤 사람이 떠오른다.

예전에 '세월호' 희생자 가족을 돕는답시고 감성팔이 하면서 그악스럽게 장삿속을 보이던 그녀, 백번 양보해서 생계 수단이라고 치자. 겸손을 가장한 채 가진 자의 여유를 한껏 부리면서 '국민 정서'가 곧 나의 정서이며 본인 생각은 곧 시국의 일환에 표상임을 굳건히 믿는(게다가 뻔히 보이는 자가당착에 빠진 특정 진영까지 옹호하면서) 독한 냄새 나는 '선민충'은 어떤 식으로 이해해야 옳을까.

이 정도 삶을 살아냈으면 체면 구기지 말 일이다. 많이 모자라지만 애달파서 가만히 몸 낮추고 싶은 게 뭔지 조금은 아는 나이이니 말이다. 거꾸로 다시 돌아가 본인 체면치

레나 겨우 하려고 나이브하게 살고자 했던, 선천적으로 비위가 아주 많이 약한 나를 탓해 본다.

'다투라'라는 꽃이 있다. 겉과 속이 다른 양상의 강렬한 카리스마를 뿜어내는 꽃은 생긴 것과 반대로 악취까지 난다. 멋진 꽃 사진을 마음대로 늘 사용할 수 있도록 허락해 주는 후배 '김현'이란 친구가 있다. 체면보다 그냥 자신 본연의 삶 속에서 '나'를 위해 혹은 너를 위해 대가 없이 들로 산으로 휘이 훨훨 날아다닌다. 최고급 사양으로 무장한 장비를 들고 사진 찍네, 하면서 겉멋만 잔뜩 든 헐렁한 사람들과 다르게 내실을 위해 기본 사양으로나마 열심히 꽃을 바라보는 그녀의 한결같음, 그런 게 꽃과 사진에 대해 몰입하는 태도로서 진정한 철학이고 체면이지 싶다.

그녀에게 체면은 그저 '낯'이 아니라 '순연함'이 아니었을까. 체면 그까짓 게 밥 먹여 주냐는 말도 있더라. 흉흉하고 아픈 시절 건너가며 애써 내 옷자락부터 여미는 데 신경 써야겠다.

우리라는 말, 책임이라는 말

아파트에서 대략 십오 분 정도 거리에 꽤 괜찮은 고깃집이 있다. 식당의 인테리어와 경관도 감상할 만하거니와 육질이 최상급이라 가끔 걸어서 가는 곳이다.

오늘따라 남편이 술 한잔하자는데, 비가 너무 심하게 오자 차로 날 먼저 데려다 놓고 자신은 차를 다시 주차장에 넣어 두고 되짚어 걸어오느라 삼십 분쯤 나 혼자 식당 밖을 내다보는 중이다.

폴딩도어라서 격해지는 빗소리는 물론 마당에 핀 온갖 꽃들이 속삭이는 소리까지 다 들린다. 뭐, 비법은 다른 게 없다. 맥주 한 잔을 빗소리와 섞어 단숨에 쭈욱 들이키면 가능한 일이다.

그때 뒷좌석에 앉아 있는 여인이 남자에게 묻는다.

"이따 뭐 하세요?"

남자가 별일 없다고 하니까 그 여인이 당차게 말한다.

"그럼, 오늘, 저를 책임져 주세요."

그다음 말은 못 들었다. 정확히는 그 사내의 표정이나 대답을 확인할 수 없었다. 저쪽 모퉁이에서 나를 책임져야 할 남자가 산처럼 걸어오고 있어서 그에게 집중하느라. 나도 방긋 웃거나 "어서 와"하며 반겨줘야 할 그의 여자이니까!

그래, 삶이란 그런 거다. 불현듯 너를 확인하고. 또 가끔은 너를 오해하고. 어쩌다 체념하면서 또 책임지고.

아주 길게 혹은 번개처럼 '우리'라고 느끼면서……. 맑은 술과 흩어지는 빗방울과 그의 낮은 음성과 편안한 웃음이 섞이면서 하루가 또 그렇게 저문다.

주머니 속 젤리를 꺼낸 날

본인을 스스로 꼴통이라고 생각하지도 않지만, 자학의 욕망에 끌려 뭔가 자기 비하적인 표현을 해봤자 크게 득 될 것도 없는 게 사실이다. 고백하자면 난 매우 어리바리하다. 일단 지독한 길치에 방향치라서 초행길을 나설 때는 늘 한 시간가량 여유를 두고 움직인다.

실제로 지하철을 반대로 타는 경우도 더러 있고 버스는 말할 것도 없고 택시를 타면(지금이야 물론 내비게이션 시대이지만) 좌회전과 우회전을 반대로 말해서 기사님의 눈총을 받는 일도 부지기수다.

내가 운전 안 하는 이유도 내비게이션과 정면을 동시에 못 보거나 이해하지 못하기 때문이다. 거기에다 대중교통을 이용할 때 매우 멍청한 짓을 자주 하는데, 남편이 데려다

준다는 데도 한사코 우겨서 난생처음 여주를 혼자 가기로
했다.

말이 여주이지 그 먼(?) 곳을 혼자 나서는 것 자체만으로
몹시 긴장했다. 그럭저럭 '경강선'인가 하는 지하철을 타고
보니 의외로 사람도 많았는데 출발 안 하고 계속 서 있는 것
이다. 불안해진 내가 조심스럽게 이 지하철이 여주 가는 거
맞냐고 묻자, 옆자리 중년 남성분이 큰소리로 "네 맞아요"라
고 대답하길래 안심하고 핸드폰 삼매경에 빠져 있는데 그분
이 다급한 목소리로 내게 재촉한다.

"다음 역에서 내려야 합니다, 얼른 내리세요."

"어? 여주가 종점이던데 아니었나요?"

"아까 이천시민회관 가신다면서요?"

오! 이건 또 무슨 소리? 그러고 보니 나는 여주 예총을 물
었고 그는 머릿속으로 '이천 시민회관'을 입력했던 모양이다.
서로 동문서답하는 사이 본인의 핸드폰으로 '이천시민회관'
을 찾고 있었고 마음이 조급해진 난 네이버에서 여주 예총을
찾느라 두리번거리다 보니 곧이어 여주에 도착했다.

설왕설래하다가 의외로 무사히 잘 도착했나 싶었지만
처음 본 내게 최선을 다해 목적지에 맞게 내리게 해 주고 싶

었던 그 남성분도 얼결에 따라 내릴 수밖에 없었다. 종점이니까 말이다. 푸핫, 이를 어쩐단 말인가. 그분께서 혼잣말처럼 나직하게 하는 말이 들린다.

"어휴, 이것 참, 두 구역이나 더 왔네."

그분이 바삐 반대편 승차장 쪽으로 걸어 나간다. 뭔가 사례를 하고 싶어 급하게 내 가방 안에 뭐가 들었을까 생각해 봤으나 생수병밖에 없다는 결론이 나온다. 그때 겉옷 주머니 속에 만져지는 미니 젤리 하나를 그분에게 다급하게 건넸다.

"저기요, 이거라도, 드릴 게 없네요. 죄송합니다, 죄송해요, 정말."

머리를 조아리며 연신 민망해하고 미안해하는 나를 보고 슬며시 웃으며 작은 젤리를 손에 든 채 황급히 반대편 계단을 내려갔다. 그렇게 바바리코트를 입은 그 중년 남성분은 멋진 퇴장을 했다. 길을 묻는 낯선 여성에게 친절을 베풀다가 본인의 하차 구역을 놓쳐 버린 그분이 집에 잘 도착하길 바랄 따름이었다.

그날의 해프닝은 그게 다가 아니었다. 다시 여주에서 집으로 오는 길은 선배 따라 경강선 지하철 타고 무사히 판교

역까지 함께 왔고 그다음부터는 홀로 버스를 타고 집으로 와야 했는데 결국 번호가 다른 버스를 또 집어 탔다. 마음이 바빴기도 했고 생각했던 버스 번호가 또 착오였다.

결국은 이리저리 돌고 돌아 예정했던 시간보다 한 시간도 더 지나 나타난 나를 반기는 남편에겐 비밀로 했다. 안 그래도 덜렁대는 나를 애 보듯 걱정하는 사람에게 실망을 얹어 주고 싶지 않았기 때문이다. 차가 많이 밀려서 늦었다는 나의 말에 안심이라는 표정을 하며 그가 팔불출처럼 한마디를 한다.

"우와, 울 마누라 이젠 집도 잘 찾아오고, 여주까지 혼자도 가고 대단하네. 다닐 만한 거지?"

"네네, 그럼요. 하마터면 길에서 멜로드라마 찍을 뻔했⋯⋯. 움하하하!"

나는 내가 이렇게 어리바리 헤매는 일이 크게 나쁘지 않다. 다소 시간도 걸리고 또 번거롭기도 하지만 이렇게 다니다 보면 또 다른 호기심으로 새로운 뭔가를 느끼기도 하고 열중하게 하는 하나의 쉼표라고 생각하기로 마음먹었기 때문이다. 그래서 스트레스를 심하게 안겨주던 운전을 과감히 포기할 수 있었다.

어차피 세상은 하나를 얻기 위해 하나를 포기하기도 하지만, 나같이 맹한 사람은 둘 다를 모두 포기하면 안 되기 때문에 하나라도 잘 다스릴 줄 알아야 한다는 걸 가르치는 것이기도 하다.

선민충 말고 선민이 되고 싶다

'선민사상'은 틀이 넓다. 조금 좁혀 보면 계급적 의미의 선민의식이 있고 우월감에서 오는 선민의식으로 나뉜다. 인터넷 매체나 SNS에선 흔히들 상위 1% 갑질을 일삼는 자들을 '선민충選民蟲'이라고 한다.

내가 아는 누군가는 전자나 후자 쪽도 아닌 본인 스스로 아주 만족해하는 이타적 선민의식을 가지고 있다. 본인은 특별하니까, 그래서 타인들에게 더 반듯하고 모범이 돼야 한다는 걸 스스로에게 이해시키는 사람이라는 뜻이다. 그가 대중적 사랑을 받는 방송인이기 전에 곁에서 본 바로는, 그의 타고난 성향이라고 보이는 매우 귀엽고 바람직한 '선민選民'이다.

지금 사회의 특별한 계층은, 철저히 자신들은 해당하지

않는다고 강변하면서 혹은 그게 갑질이란 걸 모르면서 남과 다른 혜택을 받거나 누리거나, 심지어 요구하는 걸 당연하게 여긴다. 그러면서까지 시치미다.

개인인 내가 가끔 지인들에게 듣는 지청구, "너, 은근 선민의식 쩔어"다. 내 의식의 성향이 그렇다는 거다. 사실 나는 무수리 과에 가까운데. 지인들이 내게서 발견하는 선민의식은 내 열등감에서 놀아나는 나만의 무의식적 반항일 뿐이다.

그러고 보니 또 누군가가 생각난다. 본인은 너무 가난하면서도 너무 애국적이라면서 정작 그가 하는 행위는 늘 부르주아적이고 기회주의적이어서 자신의 독자나 팬에게 히스테리를 부리거나 교묘하게 가스라이팅 같은 테러를 일삼는 이가 있고, 또 다른 어떤 이는 본인이 인플루언서라는 지위를 이용해 평범한 댓글을 다는 페이스북 벗들에게 함부로 굴면서도 전혀 개의치 않는 뼛속까지 잘난 이가 있다. 모두 이기적인 '선민충'들이다.

어정쩡한 선민주의보다는 애교스러운 나르시시즘이 훨씬 더 돋보이는 하 수상한 시절이다. 상식을 넘어선 일을 목격해서 고래고래 소리 지르고 성질부리며 화딱지 나서 씩씩거리다가 어느 실내를 들어서자마자 체온 측정을 했더니 37.3도다.

"저, 입장은, 잠시만 대기해 주시죠."

나는 냉수 한 컵 쭈욱 마시고 잠시 뒤 다시 측정할 수밖에 없었다. 이번에는 35.7도다. 이거 가능한가? 물론 두 번 다 정확히 측정한 거지만 혈압과 체온은 흥분과 분노 등과 상관관계가 있는 것이 확실해 보인다.

애틋한 마음에서 나온 나의 분노가 참 부질없었단 생각이다. 부당한 걸 바로잡는 데 스킬이나 교양 따위보다, 논리와 적확한 액션보다 더 필요했던 건 무위無爲가 아니었을까. 흡인력과 거부감이 동시에 발달한 건 결과적으로 마이너스란 얘기다.

뭔가를 받아들일 때 매우 기민하고 예리하게 받아들이기도 하지만 의외로 호불호가 빠르게 작동해서 바로 던져버리거나 솎아내는 성질머리란 얘기다. 물론 그 반면에 한 번 선택한 것에 대해서 좀처럼 뜻을 바꾸지 않는 일관성이 있기도 하다. 나의 취사선택이 매번 올바르다고 자부할 수는 없으나 대부분은 오류를 범하지 않기 위해 노력하고 또 받아들일 수 없는 걸 다시 뒤돌아보지 않기로 한다.

성격이란 게 본인이 원하는 대로 주어지지 않는 거고 다만 다듬는 거라는 걸 알기에 요즘은 선민충이 아닌 선민다운 정중함을 지녀보기로 마음을 먹고 있다. 내가 위험천만하게 자꾸 걷고 올려다보고 또 내다보는 이유이기도 하다.

오솔길에서의 콧노래

"일찍 왔나 봐요. 오다 보니 제가 좀 많이 일찍……. 나갔다가 다시 들어올까요?" 강사인 그녀가 반색하며 반긴다.

"아, 선생님만 괜찮다면 그냥 지금 수업 편안하게 시작할게요."

몸으로 하는 건 다 젬병이라 공치는 것도 머리 얹자마자 그만두고 그 흔한 필라테스는커녕 PT만 겨우 받아본 이력이다.

오로지 '걷기'로만 일관하는 내가 휴양지 리조트 측에서 고객들에게 내준 '명상과 요가' 특별 프로그램이 있어서 용기를 내 신청했는데 막상 가서 보니 나 혼자였다. 요가 선생의 설명으로는 신청한 사람이 한 분이라고 미리 알렸으면 안 오실까 봐 걱정했단다. 그러면서 오신 걸 진심 환영하고 기꺼이 진행하겠다는 것이다.

정말이지 송구해지기도 하고 당혹스러워 그냥 숙소로 가겠다고 했더니 "혼자라서 더 좋을 거예요. 절 믿고 한번 해 보시겠어요?" 그녀가 생긋 웃는다.

몸 전체를 이완하기도 하고 잔뜩 긴장시키기도 하는 일련의 동작들이 쌓일수록 내 몸이 반응하는 걸 느끼게 된다. 애초에 내가 엄청난 몸치라고 말해 두었지만 뜻밖에 그녀는 내 몸의 감각이 매우 예민해서 별 무리 없이 잘 진행된다며 "옳지, 옳지"라는 추임새까지 넣으며 "몸치 맞으세요? 감각적으로 잘 따라 하시는데요"라며 손끝 하나까지도 맡기면 될 것 같은 마법의 시간으로 이끈다.

힐링 요가는 '사운드배스Soundbath'라고 해서 커다란 소리의 울림과 진동의 요체를 가지고 몸과 마음에 명상의 시간을 만들어 준다. 나는 애초에 땀을 거의 흘리지 않는 체질인데 긴장했는지 살갗 위로 민감하게 더위가 느껴졌고 꿉꿉해진 내 몸을 만지게 될 그녀가 걱정스러워 피부 터치는 하지 말아 달라고 정중히 부탁했으나 의외의 대답이 돌아온다.

요가는 할수록 땀도 나고 몸 터치는 수업하면서 지속적으로 해야 하는 거니까 신경 쓰지 말란다. 게다가 그녀는 내

게서 매우 좋은 향이 난다고 했고 '조 말론'을 애용한다고 하자 뜻밖에

"아! 몸에서 나는 향과 진짜 잘 어울리세요. 툭 던지세요, 그냥 쭈욱 내려놓으세요. 잘하시는 겁니다. 옳지, 옳지."

그녀는 그렇게 끊임없이 격려하고 리드하는 게 아닌가. 그런데 진짜 신기했다. 관절은 관절대로, 근육과 내부에서 일어나는 깊은 마찰이 섬세하게 느껴져서 스스로가 놀랐다. 내 몸 안에서 이뤄지는 이 짧고 강력한 반응은 대체 뭘까?

"그렇지! 이완되면 다 느껴져요. 옳지, 옳지."

고수가 장단을 맞추듯 시간이 흘러가고, 마지막엔 이름 모를 낯선 악기가 자연스레 울려 퍼진다. 처음 시작할 때부터 목덜미와 등, 발등 위에 올려진 커다란 울림통의 소리와 진동이 범상치 않았다.

깊은 숲속에서 만난 요가 선생 '최혜림 님'에게 진심으로 감사하다. 기어이 발바닥 허브 오일 마사지까지 말끔하게 받아 내는 그녀의 수완(?)이라니. (사실 나는 신체 일부를 맡기는 서비스가 별로 내키지 않는 편이라 마사지도 잘 안 받는 편인데) 무엇보다 아름답게 웃는 그 모습은 정말 싱그러웠다.

언제든 그런 마법 같은 수업이 있다면 또 만나기로 한 약

속 잊지 않기로 하고 어둑해진 오솔길을 따라 숙소로 발길을 옮기는데 한결 가벼워진 내 몸의 신비를 느끼며 나도 모르게 콧노래를 부르고 있었다.

Part 3

작은 것들의 위로

딸에게 배우다

그렇지. 내게로 걸어 들어오는 사람은 모두가 다 저마다
의 색깔로……. 내가 걸어 들어가는 누군가와의 맞닥뜨림
또한 언제나 나의 명확함을 드러내다가 혹은 모호해서 잠시
머뭇대기도 하지만, 우린 그렇게 누가 누구랄 것도 없이 연
대한 뭔가에 의해 만나고 헤어지며 강물처럼 흐르나 보다.

"엄마가 말이지, 사람 하나는 참 잘 보는 거 같지 않니?"

딸아이가 다소곳하게 웃으며 수긍한다.

"엄마 근데 난 사람을 잘 못 보나 봐, 사람들이 나더러 편
견이 없대."

딸의 한마디에 깨끗하게 완패다!

언제나 속 깊은 딸. 언제나 철없는 나. 누군가에게 혹은
누군가가 그렇게 다가가고 다가오고 그거면 됐다. 엄마라

서 꼭 딸에게 뭔가를 가르칠 필요가 있을까? 딸에게 편견이 없다는 건 배운 게 아니라 그 아이 몫일 테고. 상대를 너무 깊이 헤아리지 않는 것도 배려다.

한 개인의 서사를 알아간다는 건 그 사람과의 거리를 좁히는 일이기도 하지만 무엇보다 인간 본연의 상대와 마주설 수 있는 구체적인 통로가 된다. 나는 생래적으로 감이 좀 빠르기도 하지만 사람을 비교적 잘 파악하는 편이다.

과장하자면 거의 90% 이상 재빠르게 읽고 나서 후에 그 상대에 대한 총평은 변수가 없을 만큼. 물론 오프라인에서의 교류도 중요하고 또 온라인이라면 상대의 글에서 숨 쉬는 행간을 잘 읽어내야 가능한 일이기도 하다.

누군가에 대한 선부른 판단과 그로 인한 오차는 본인에게도 실책이 되겠지만, 관계상 오류를 범하는 그 이상의 치명적인 상처가 될 수 있기에 절대로 성급한 선입견을 품지 않으려고 노력한다.

화장을 아무리 잘한들, 보정을 능숙하게 한들 나이테는 지울 수 없고 자기애를 드러낼 수밖에 없는 현장에서 나만 들키고 온 자리가 될지 몰라서 아등바등했어도 상대에게서 나는 물리적 냄새와 향수나 취향까지도 선연해지는 날은 있기 마련이다.

　어떤 한 개인의 생각이 나와 일치하지 않는다고 바로 등을 돌리는 일이나 흉볼 일이 태산 같아도 지긋이 마음을 누르는 일은 결국 나의 의지에서 비롯된다. 어쩌다 달게 먹던 참외 꽁지를 씹다 보면 쓴맛이 훅 올라오는 경우처럼 가끔은 어리둥절한 거, 그게 관계이기도 하다.

　어쩌면 딸아이가 서른 남짓 살아오면서 나보다 더 먼저 그런 순연한 공기를 느끼며 품이 넓어진 것 같아 다행스럽고 대견하다.

그런 날 있다

'감성 충만'이라는 단순한 표현만으론 지금 내 상태를 설명할 수 없다. 잡다한 생각 말고 부스스한 감정 부스러기 말고 온전하게 뇌세포까지 끌어올린 것처럼 투명하면서 과다하게 휘몰아치는. 초라한 문장으로는 도무지 뭐라고 표현하지 못할 이토록 과한 생각의 물꼬들. 용량이 작은, 아니 조악하기 그지없는 스피커를 볼륨만 최대치로 올려놓았더니 찌그러진 음처럼 성에 안 차는 생각들로 과포화인 상태다.

관용구 중에 '선병질적이다'와 '머리만 승하다'란 표현이 있다. 사전적 의미로는 찾아지지 않는 말인데(소설어 사전이나 종합적, 선택적 사용감이 필요한) 스무 살쯤이었을까, ○○형은 고작해야 나보다 두어 살 더 많았고 그가 가끔 내게 했던 말이다. 물론 그와 나는 그저 친구였을 뿐 교제하는 사이도 아니었다.

그 시절 내가 선병질적인 아이였던 건 맞는 것 같은데 머리가 승하다란 개념에서는 살짝 모순도 있다. 뭐든 액션도 빨랐고 재바른 쪽이긴 하지만 매번 머리로 뭘 계산하거나 뭔가 착착 꾸려나갈 만큼 잘난 구석보다는 어리바리한 쪽이었기 때문이다. 아, 곁가지로 흐른 지나간 이야기다.

그해 겨울 그가 스물넷의 나이로 생을 마감했다. 남겨진 가방 속에서 이런저런 유품이 나오기도 했고 숱한 루머도 많았지만 나와 이어진 인연이 별로 없어서 잊고 지냈는데 이후에 내게 빌려 갔던 책 사이에서 떨어진 메모지 한 장을 보면서 이상하게 심장이 쿵 하는 느낌이 들었다.

'선병질적인…….'

그렇게 짧은 그의 메모가 왜 하필 거기에 있었는지? 물론 숫자 몇 개도 적혀 있었고 ○○문고라든가 여러 개의 낙서도 함께여서 크게 심각할 이유는 없었으나 이후로 나는 그 낱말에 대해 떠올리고 싶지 않았다.

내가 왜 선병질적이지? 시원하게 한 번쯤 물어볼 걸 후회스럽다. 그가 복학생이라서 자주 함께 다닐 처지는 아니었으나 굳이 묻지 않았던 궁금함이 왜 이토록 광풍처럼, 바람은 부는데 눈부시게 맑은 오늘 자꾸 떠오르는 걸까.

각설하고 나는 누군가가 내 생각을 무시하는 건 아주 싫었으나 같잖은 말에는 의외로 의연하다. 아니 의연해지려고 노력한다. 생각이 많다 보니 생각이 꼬리에 꼬리를 물고 요동치더라도 절대적 평정심이 없는 것까지 미리 걱정해서 획 돌아앉고 싶어진다.

시인 또는 문인의 글을 인용할 때 적어도 어조사 하나까지도 반드시 필사한 듯 정확해야 하는 정석을 지키는 건 매우 중요한 일이다. 감정의 선이 솟구쳐 잠시 열외로 양해 구하고 빌리는 것까지야 어쩌겠는가. 글보다 더 중요한 건 사람 사는 일이고, 사람은 보듬는 게 아닐까 싶다.

아무렴 이 나이엔 선병질적이어도 안 되고 머리만 승해도 안 되고 그저 감정선에 적당히 줄을 탈 일이다. 넘어지지만 말고. 염치만 있게. 무신경하지 않게. 광풍이 물리적으로만 부는 게 아니라 심정적으로도 솟구치는 날, 그런 날이 반드시 있다는 얘기하다가 나 쓸데없이 왜 이러는 건지 모르겠지만. 나도 나를 모르겠지만.

나의 장롱면허 하나

클러치와 액셀러레이터를 순간적으로 양발을 교차해서 밟아본 사람이 있을까?

운전면허 시험을 앞두고 스틱인 차로 연습을 하다가 위기 상황에서 급정거하는 순간 엄청난 스피드로 양발을 바꿔 각각 액셀러레이터와 클러치를 밟았다. 남편은 황당해하며 한마디 한다. 거의 신의 경지란다. 동네였으니 망정이지 자칫 사고라도 났으면 어쩔 뻔했냐며 가슴을 쓸어내린다.

1996년 운 좋게 단 한 번만으로 1종 보통면허를 취득하고 이후 쉬엄쉬엄 차를 몰았다. 물론 면허는 스틱으로 취득했지만 오토로 차를 바꿔서 다녔다. 처음에는 다소 쉬운 듯했으나 도로로 나오면 뒤따라오는 차에 떠밀려 다니는 수준이었다. 잘하면 차선을 못 바꿔서 대전 찍고 대구, 부산까지

갈 정도의 위기의식을 느끼면서 큰 차만 보면 도망가고 싶고 앞차가 무례하게 끼어들면 '순간 이동'으로 날아가고 싶은 충동에 시달렸다.

명색이 국가 고시에 합격해서 취득한 소중한 나의 운전면허는 그렇게 애매하다 싶었는데 자식이 뭔지 딸아이 대입을 앞두고 면접이나 실기 고사가 평일이면 남편을 대신해서 종횡무진 다녀야 했다. 심지어 급경사로 언덕 위에 있는 대학의 눈 덮인 빙판길까지 베스트 드라이버라도 된 것처럼 사력을 다했다.

아슬아슬, 기능적인 걸 전혀 못 하는 사람으로서 곡예 운전하듯 위험천만했지만 지금 생각해 봐도 그때 내 운전 솜씨는 대학 입시를 앞둔 아이의 엄마들만이 가능했던 초능력 아니었을까 싶다.

어쨌든 이제 그 잘난 운전면허는 장롱면허가 됐다. 물론 꽤 오래도록 운 좋게도 장기 무사고 운전자이다. 성향상 운전이 맞지도 않았고, 웬만한 약속은 운전을 이물스럽게 여기지 않는 친구나 후배들 덕분에 내 집 앞에서 이뤄지기도 하고, 평생 무보수 전용 기사도 있다 보니 크게 불편함이 없었다.

문제는 이번 가을이었다. 코로나 때문에 유난히 제한된

활동을 하다 보니 갑자기 운전이 하고 싶어지는 거였다. 녹슨 장롱면허나마 차를 몰아 보기로 하고 '마도'라는 자동차 전용차도 구간을 달려 보기로 했다. 운전석에 앉자마자 가슴은 뛰고 머리가 깨질 것처럼 아팠다.

할 수 있을까? 몇 년 만인데. 기우에 불과했다. 신기하게도 몸이 기억했다. 차는 달리고 광속으로 바람은 불고 내 가슴은 뛰고. 그 길은 거의 차 없는 왕복 2차선이라 그냥 나 홀로 운행인 셈인데 어쩌다 뒤쪽으로 차들이 가까이 다가오면 초긴장이 됐고 어깻죽지가 빠질 듯 힘이 들어가기도 했다.

삼사십 분 달리고 선수 교체다. 차분히 잘하고 있으니 계속해 보라는 남편의 꼬드김에도 불구하고 단호히 거절했다.

"에잇, 안 해, 아니 못 해, 운전은 내 소관이 아니얍!"

나는 짐짓 너스레를 떨며 조수석으로 앉자마자 오디오 볼륨을 높였다. 역시 운전은 아무나 하는 거 아니다. 아쉽지만 '장롱면허' 그대로 가야겠다.

사람마다 특별하게 발달한 기능이나 재능이 저마다 다른 거고 뭔가 노력하면 반드시 능률이 오를 만한 여지가 보일 때 최선을 다하는 거지만 나로 인해 누군가 피해를 볼 수 있다든가 본인 스스로 심한 스트레스를 악몽처럼 달고 살아야 한다면 그만두는 것도 나쁘지 않다는 결론이다.

　이로써 나의 '운전면허증'은 아주 깊숙한 곳으로 곱게 모
서진 장롱면허 1호다.

나의 장롱면허 둘

장롱면허 하나에서 이미 눈치챘겠지만 장롱면허 둘도 명분상 분명 국가 고시다. 국가가 관리하고 자격을 테스트 하니까.

1997년 9회 시험은 전년도와 전전 해에 최고로 어려웠 던 시험 난이도의 부작용으로 40점 과락만 면하면 합격 순 위에 들었다는 어마무시한 소문, 아니 사실에 입각한 그나 마 조금 완화된 시험을 치르고 나는 내심 조마조마했다.

약주만 드시면 우리 딸이 툭하면 전교 1등 하는 '똑순이' 였다고 자랑하는 장인 덕분에 남편은 세뇌가 된 탓인지 말 을 아끼면서도 설마 하는 눈치였으나 달랑 5개월 정도 공부 하고도 가뿐하게 붙을 거란 기대를 하는 듯했다.

이게 아닌데, 아! 이건 아닌데……. 자신이 사용했던 책을 싸서 가지고 집으로 쳐들어온 선배의 엉뚱한 제안에 '뭐지, 까짓거 해봐?' 하는 치기 어린 시작점이 그해 가을을 온통 근심투성이로 몰아세운 것이다.

딸아이 하나에 마냥 집중하다 보니 나란 존재감도 거의 없어지고 뭔가 해야 할 것 같았지만 육아 이외는 결혼과 동시에 새로 이사 온 낯선 동네에서 사는 내가 딱히 하는 거 없던 터라 선배의 조언 또한 그럴듯했다. 공부로써 바로 성취감을 주는 게 이런 자격증 시험이고 뭔가 시도해 봐야 크게 변화를 줄 수 있을 거라며 너라면 금방 패스할 거라는 등의 달짝지근한 소리에 넘어가서 책을 펼쳐 보니 총 6개 과목의 방대함과 특히 '민법학 개론'은 머리가 다 지끈거렸다.

설렁설렁해서 대충 넘어갈 줄 알았던 공부에 코가 꿰이고 손발이 묶이는 중에도 이까짓 것쯤이야 하는 막연한 자신감과 '혹시 이러다 망신당하는 거 아닐까?' 하는 묘한 스릴감까지 맛보면서 나름의 학습 전략과 집중 모드로 태세를 바꾸기로 했다.

어쨌든 지금 생각해도 끔찍하다. 일이든 공부든 뭐든 지고지순하거나 고진감래 스타일이 아닌 나로서는 속전속결형이 났겠다 싶어서 우다다다! 열심히, 냉정하게 박차를 가했고 결과는 합격이었다.

'공인중개사' 자격증이란 게 부동산 사무실을 오픈하지 않으면 별로 쓸 일이 없었고 지인의 법인 사무실에 상시 근무하지 않는 조건으로 몇 년 요긴하게 잘 사용한 게 전부다. 그 와중에 IMF 바로 직후라 연세 많은 어르신의 월세나 신혼부부의 전세를 형평성에 어긋나게 얼렁뚱땅 처리하는 집주인이나 부동산 사무실의 실무자들이 못마땅해서 나는 임차인들의 권리 회복 차 하향 시세에 맞는 조정을 처리해 주다 보니 이웃분들로부터 꾀쟁이 새댁이라고 칭찬을 받던 일이 가장 큰 보람이긴 했다.

부동산에 관한 공부를 함으로써 얻어지는 지혜의 눈, 이런 건 별반 없다. 그러나 민법 공부가 바닷가의 모래사장 중에 한 줌도 채 안 되는 알량한 풍월이었고 어깨너머 서당 개처럼 잠시 습득한 거지만 속 썩이던 채무자 명의의 건물에 '가압류' 지정을 혼자 힘으로 해내면서 매우 의기양양했던 거 빼고는 밥벌이할 일 없는 팔자 늘어진 아지매처럼 한낱 종이에 불과한 공인중개사 자격증 또한 장롱 깊숙하게 모셔둔 처지다.

이 또한 잠정적으로 영구적 장롱면허 2가 됐다. 당신의 미운한 딸에게 기죽지 말고 잘 살라고 언제나 내 편이셨던 돌아가신 친정 아빠께서 남편인 사위에게 했던 말만 맴맴 돈다.

"이보게, 우리 민이가 한다면 하는 녀석이란 말이지, 어떤가 장하지 않나? 아이 키우랴 살림하랴, 한 방에 해치운 솜씨가. 하하하!"

"아빠. 그 공인중개사 자격증은 장롱 저 깊숙한 안쪽에 잘 감춰 뒀어요. 나중에 기회 되면 요긴하게 사용할게요. 사실 그때 배운 얄궂은 지식이나마 살아가는 데 경제적 보상도 되고 나름 요긴하게 실생활 팁이 되기도 한답니다."

돌아가신 그리운 친정 아빠께 그렇게 되뇌면서 나의 두 번째 장롱면허 또한 살포시 묻어 둔다.

나의 장롱면허 셋

재미 삼아 썼던 장롱면허 하나와 둘은 명색이 국가 고시다.

1993년 습득한 '운전면허증'과 1997년 취득한 '공인중개사'와는 별개로 2006년에 십여 년 동안 전공도 아닌 시 창작 공부하면서 겨우 외도해서 얻은 '수필가'로서의 (한국문인협회) 자격이 바로 나의 세 번째 장롱면허다. 누가 감히 작가 자격이라는 저울로 그 함량을 체크할까마는 나름의 각고 끝에 매달린 훈장이다.

단순하게 시인이 되고 싶었으면 적당한 시인 아류는 됐을 거고(시다운 시를 쓰는 게 목표였지 절대로 무늬만 시인은 아니었다) 운문보다 산문이 나의 정서에 더 잘 맞는다는 걸 깨닫는 데만 꽤 오래 걸렸다.

시가 문학의 꽃이라는 말은 들었으나 수필이라고 무턱

대고 경시하던 같잖은 생각도 고쳐먹었고, 잘못 쓰면 신변 잡기지만 잠자는 누군가의 뒷모습이 측은해지는 걸 느낄 때 비로소 쓰는 게 산문이라는 것도 깨닫는 시간이었다. 세 번째 장롱면허는 어찌 보면 재량이 요구되는 자격의 범주가 천차만별인데, 스스로 자격을 부여받는 걸 허락했으니 '단순 면허'라고 우겨 본다.

고백하자면 오감만 발달했을 뿐 게으른 자로서 천착하지 못하는 못된 성향의 소유자이다. 어릴 때부터 제법 읽었던 독서량과 습작을 밑천 삼았던 나는, 비록 글 쓰는 일에 바닥을 보였을지라도 알량하게 체화된 뭔가를 믿으며 많은 시간과 공을 들여 습작하며 나름의 긴 방황과 고집으로(아집일 수도) 일관했다.

2006년 《현대 수필》로 등단한 이후 다른 이들과 함께 펴낸 공저 외에 따로 칼럼을 쓰거나 동인지에 기고한 경우 외에는 그럴듯한 작품집 한 권 내지 않은 '생 떨거지(이렇게 쓰고 '생초보'라 읽는다)'다. 함량 미달의 책을 함부로 출간해서도 안될 것 같았고 책 내겠다고 아등바등 자비 털어 책 장사하듯 지인들 괴롭히고 싶은 마음도 없었던 데다가 무엇보다 출판사 적자까지 걱정하는 못난 소심증의 결과, 여태 책 한 권

없는 거다. 그저 유유자적이라, 쓰고 싶을 때 쓰고 안 써지면 말지, 하는 얄밉도록 나이브하게 굴다 보니 벌써 17년이란 덧없는 세월이 흘렀다.

진짜 고수는 면허 타령 없이 정진하는 거니까 이 글을 마지막으로 나는 습작 중인, 아니 퇴고하지 못한 원고를 앞에 둔 무명으로서 장롱 깊숙이 넣어둔 내 마음 열어 보이며 훨씬 더 가벼워지고 싶다. 변명하자면 시인도, 작가도 다 내 몫이 아니기 때문이다. 다만 끊임없이 생각하고 키우면서 원고들 묵직하게 앉힐 때까지 즐겁게 임할 것이다.

목하 3개의 꼬질꼬질한 라이센스가 장롱면허로 존재한다. 어차피 장롱 아니어도 없앤들 그다지 불편하거나 아쉬운 것도 아니다. 글 좀 쓰네, 떠들고 다닌 오만함까지는 아니어도 그냥저냥 이곳저곳에서 나는 묘하게 시인도 됐다가 작가도 된다. 심지어 화가라고 알고 있으니 내가 조심하지 않은 까닭일 수도 있다. 이제 만천하에 공개하고 싶다.

고백하건대 운전면허나 공인중개사를 취득했을 때보다 수필로 등단했을 때 가장 큰 보람과 성취감이 들었다. 뭔가의 재량을 뽐내는 일이 그저 기억과 두뇌 회전 혹은 몸으로 재량을 일으키는 단순한 결과였다면 작가란 영역에 조심스럽게 한발 내디디는 과정에서 나의 세포가 뜨겁게 일어났기 때문이다.

'수필가'란 어색한 직함은 비록 시인이 아니어도 시어를 만들며 시풍에 젖어 시라는 거대한 우산 밑에서 흥에 겨워 놀 수 있었던 자유스러움 같은 것이었으며 또 다른 호기심의 천국이기도 하였으나 나는 책을 출간하는 일에 경기를 느끼기도 했고 몹시 결벽증이 심한 채로 늘 두려워하며 장롱 저 깊은 곳으로 상징적인 도피를 한 이유이기도 하다.

면허 박탈권은 어쩌면 본인에게 있지 않을까? 작가든 공인중개사나 운전면허증이든 이런 거에 자신감 없이 모자란 함량을 나 스스로 몰아세울 필요가 있을까도 싶다. 이로써 '장롱면허' 시리즈를 마감한다. 언제든 내 재량이 차고 넘치는 뭔가의 자격이 얻고 싶어질 때 나는 또 과감하게 도전하고 과정을 즐길 것이며 그 끝은 확실하게 매듭지어 볼 요량이다. 비웃거나 동정하거나 혹은 기탄없는 조롱이 얹어진다 한들 그저 나는 나다.

꼰대주의보 하나

어감상 '꼰대' 하면 남성이 떠오르잖아. 그런데, 여성 '꼰 대'도 있거든. 잘 놀면 될 걸 꼭 누굴 가르치려 드는 아줌마 라든가. 룰 같은 건 좀 빨랫줄에 널어놓고 오지. 불쑥불쑥 찾아오는 치명적인 잣대와 꼭 찾아오는 '적당히 놀자'라는 병, 그런 나, 진짜 입맛 뚝이다. 하염없이 찾아 드는 허기진 뭔가가 뒷골 땅기게 하는 날이다. 그런 날도 있잖아, 왜?

즉흥적인 발걸음으로 LP BAR 〈벨벳 언더그라운드〉에 가서 정작 벨벳 노래는 한 곡도 안 듣고 하드록만 빵빵 때리 고 왔다. 뭐 중간중간 이승철 님 노래도 좀 듣고 폴 킴이 부 른 〈모든 날, 모든 순간〉도 듣고, 난 꼰대 절대 아니다, 그카 믄서 고개를 끄덕이며 아주 애절하게 놀았다는 거 아니겠 어. 막간에 진짜 꼰대 아저씨가 은근슬쩍 말 걸어와서 꼰대 아닌 척 다른 자리로 내뺀 거 말고 반만년 만에 '혼술' 성공이다. 집과 아주 가까운 곳이지만 언제쯤 날개 달고 또 올지 모른다.

꼰대 안 하겠다고 '혼술'하는 건 아니지만 '꼰대스러움'이 찾아든 어느 날, 주인장께서 선곡해 준 노래 한 곡 또 담고 와야겠다. 그날, 내가 들어서자마자 기분 다스리라고 올려놓은 곡이 하필 조 카커Joe Cocker의 〈Unchain My Heart〉였거든. 이 또한 애절하잖아, 뭘 놔 달라는 거야? 널, 시간을, 사랑을. 와!

꽝꽝 터지는 볼륨과 LP 특유의 칙칙 감기는 소리라니……. 가슴이, 뇌가 마구 요동치는 거 있지. 누군가가 우리를 과거의 어느 날로 데려다 놓을 수 있다면 나는 어느 지점으로 가고 싶을지, 스스로 꼰대 아니라고 우기는 이런 궁금함이라니. 젊은 사람이 고루하거나 꽉 막힌 사고를 지니면 '젊꼰'이라고 부른단다. 나이가 들어가면서 자꾸만 어쩔 수 없는 편견과 타성에 젖어 패턴대로 움직이면서 꼬질꼬질해지는 것도 싫지만, 그런 젊은이와 내가 또 다르다고 우기는 것도 자연스럽지 않다.

최대한 그냥 나답게 그 나이답게 잘 어우러지는 거로 일상을 다스리다 보면 가까이하고 싶지 않은 그 '꼰대'로부터 멀어질 거라고 믿는다.

꼰대주의보 둘

사실 '꼰대'라는 게 긍정의 의미는 제로에 가깝고 부정적 의미를 많이 내포하고 있으니 자칫 '꼰대스럽다'는 발언은 쓸데없는 불화의 빌미가 되기 일쑤다.

연하의 지인(남성)이 나더러 가끔 나이 든 행동을 보인다고 말했을 때 크게 한 방 먹은 느낌이었다. 가능한 한 나는 '깜찍발랄'하게 살려고 노력했고 실제로 또래보다 젊다는 소리를 많이 들어왔던 터라 와지끈 자존심 무너지는 소리와 함께 한편으로 '연륜'이라고 스스로 위안 삼았다.

말수가 적은 -비교적 할 말만 하고 간단명료한 편인- 딸아이가 나지막이 말한다.

"엄마, 나 젊은 꼰대인가 봐."

"아니, 왜?"

"내 생각에 엄마는 꼰대 기질이 없다고 믿었거든. 근데 가만 보면 내 꼰대스러움은 엄마의 유전인자 같거든."

"뭐라? 아니, 얘가 왜 날 파는 거니?"

딸애가 살포시 웃더니 자기는 흔히 말하는 요즘 애들이 아닌 것 같단다. 지하철에서 어르신들이 타면 초고속으로 일어나 자리 양보를 못 하는 걸 보거나 혹시라도 말하다가 호칭이 어긋나거나 존칭어가 뒤바뀌면 이상하게 불안하고 강박증이 온다는 거다. 그건 꼰대의 특성이 아니라 예의 바른 거라고 하자 너무 빈틈없어지려는 것 자체가 꼰대 그 이상의 '루즈함'이라고 친구들에게 한 소리 들었단다. 내 안에 내가 너무도 많아서 진짜 나인 건 뭘까 생각해 보니, 파격적으로 '영'하게 놀다가도 또 너무도 정숙한 안방마님이 돼 버리는 극한 나의 한계치를 인정한다.

딸아이 고1 때 나는 담임으로부터 호출을 받았다. 담임 말에 의하면 아이가 복도 유리창을 닦는데 교장 선생님께서 지나가다 너는 왜 모두 다 하교한 뒤인데 아직도 혼자서 청소 중이냐고 물었더니 아이는 자기가 맡은 분량이 말끔하게 끝나지 않아서 마저 하는 중이었다고 했고, 아무도 지켜보는 사람이 없는데 유리창을 구석구석 말갛게 닦아서 마감해 놓고 갔단다.

뭔가 호기심이 생겼던 교장 선생님은 그 과정과 마무리까지 멀리서 다 지켜보고 다음 날 담임에게 김○○과 그 아이의 엄마를 교장실에서 봤으면 했단다. 안 그래도 딸아이의 학교와는 담쌓고 지내던 터였다. 이미 1학기 때 자연 체험 학습을 요청하고 출석 처리해 주면 여행 좀 다녀오겠다는 전화를 했다가 "어머님, 혹시 새엄마이신가요?"라는 농담 섞인 지청구를 들었던 터였고 입학시킨 후 학교 문턱도 안 찾아가 본 나로서는 매우 난감했다.

당시는 자연 체험 학습 신청서를 제출하면 출석 처리로 가능했으나 대학 입시 때문에 아무도 그런 전례를 남기지 않았고 내가 최초라는 거였다. 난 그저 아이와 함께 가족 모두 여행을 하고 싶었을 뿐인데 말이다. 그날 교장 선생님은 딸애를 참 반듯하게 잘 키웠다는 말씀과 함께 어머님께서 특별한 듯하니 일일 교사로 아이들에게 한 시간 강의를 부탁하셨다. 강의 주제는 얼마든지 자유롭게 하셔도 된다는 선심과 함께였다.

교장 선생님의 엄명(?)이기도 했고 담임의 간곡한 부탁이라니 나로서도 달리 거절할 명분도 없었고 우선 수락할 수밖에 없었다. 학생들을 상대로 하는 강의 주제가 자유롭다는 것 외에는 딱히 정해진 것도 없었지만 일단 부딪혀 보기로 했다.

나는 강의 당일 아이들 숫자만큼 아이스크림을 사서 나눠 주고 주어진 한 시간 동안 나름 아이들 편에 서서 뭔가를 이야기하듯 했고, 아이들은 레이저를 쏘아대는 듯한 호기심으로 쳐다보다 책상이 들썩거리도록 웃다가 기상천외한 질문도 하고 제법 호응은 좋았다. 단 한 여학생만 뜨악했다.

칫, 정작 부끄러운 건 엄마인데 딸아이의 긴장된 표정을 보니 슬그머니 장난스러워지고 여학생들 특유의 하이톤인 웃음소리가 창밖으로 와르르 쏟아지면서 스며들던 교감과 탄력적인 유쾌함이 인상적인 하루였다.

얼마 전, 한 중학생이 교무실 청소가 부당하다며 인권위에 진정을 제기했다. 인권위는 이를 인권 침해로 판단하여 학교장에게 청소 지시 중단을 권고했다. 반면에 청소가 교육의 일환으로서 필요하다는 반론도 거세게 일었다. 숱한 찬반의 댓글로 시시비비가 벌어졌던 기사를 본 적이 있다.

내가 꼰대일까, 학생들이 적당히 청소하는 건 그 교실과 학교의 모든 시설을 사용한 입장에서 괜찮은 일이라 생각한다. 물론 청소 용역의 전반적인 시스템이 적절하게 활용되는 범주 안에서 교육적인 의미도 있다고 믿는다. 딴에는 그 시절의 우리 정서와 현재의 사고에서 오는 마땅한 괴리감이라고 생각한다. 시키면 반드시 다 했던, 아니 성실하게 잘했던 착실한 여학생이었던 딸. 너는 영한 꼰대, 난 올드 꼰대 하자. 대신에 혁신적인 꼰대의 아이콘이 되자꾸나.

사전적 의미를 찾아봐도 사실 '꼰대'는 은어에서 속어로 전환된 시대적 변곡점이 있는 사연 있는 낱말이다. 고리타분한 아저씨나 교사 정도로만 여겨지던 그 꼰대에서 이젠 구태의연한 사고와 행동을 하는 사람들을 모두 가리키는 포괄적 의미이지만 한편으로는 꼰대스러운 어떤 엄격함까지도 생각하게 하는.

다소 외향적인 나와 내성적인 딸아이의 생각에 가끔 합일점이 오면 은근히 안도감이 오는 이런 증상도 '꼰대'가 맞나? 슬쩍 자문해 본다.

하나가 된다는 것

누굴 좋아하거나 내 안에서 믿음이 싹트면 좀처럼 방향을 틀지 못한다. 급기야 내가 선택한 '호불호'에 대한 확증편향으로 가닥을 잡으려고 애쓴다.

여기까지는 사람이나 기호품에 대한 나의 집착일 수도 있다. 하지만 정치적 편견이나 아집에 대한 행동의 우를 범하고 싶지는 않다. 그래서 나는 함부로 속내를 드러내지 않으려고 한다. 기필코 내 선택이 옳다고 주장하기보다는 조용히 판단에 초점을 맞추고 싶다.

그건 종교적인 견해에서도 마찬가지다. 애써 너와 내가 다르다고 미워하거나 다툴 일이 아니다. 자신의 잣대를 멋대로 휘두르는 사람이거나 어쩌면 너의 큰 그릇을 담지 못하는 간장 종지만 한 내 속앓이를 잠시 풀어내는 중이기도 하다.

　하나가 되기 위한 통합의 수순은 늘 그렇게 염증부터 동반하고 쫑알쫑알 뒤탈도 따라붙는다. 그럼에도 종래 다 같이 웃을 수 있기를 바라는 마음이다. 그게 전부다. 잘못된 생각의 단초나 응집력, 군중 심리가 얼마나 무서운지 알 것 같다. 아닌 것을 되게끔 하는 힘, 철저하게 정의를 외면하게 하고 무지함을 보여주는 행렬이 절망스럽다. 그들 또한 일반적으로 우리가 알거나 보고 있는 걸 다른 방향으로 똑같이 믿고 싶은, 아니 믿기 때문이다.

　나는 안다. 아무리 옳은 일과 나쁜 쪽에 예감할 수 없는 혼돈이 밀려와도 절대 아닌 사람, 그 나쁜 쪽은 벌할 거고 벌을 줄 수 있는 힘이 존재한다는 걸. 출구가 뚜렷한 신념은 새롭게 눈 뜨게 되는 원동력이기도 하다.

　하, 수상한 시절, 너도 옳고 나도 옳을 수만 있다면 얼마나 좋을까. 서로 양극화된 너무나 다른 이념과 논리와 신봉의 틀에서 모두가 힘 빼고 있는 건지 나조차 혼란스러워 잠시 외면해 보다가도 또 다른 새로운 각성으로 삼는다.

나이 들어감의 미학

노회, 노추, 노욕, 노탐······. 부정적인 뜻의 다른 낱말보다 더 비릿하게 느껴진다. 어수룩해 보이는 할머니가 직접 짜서 가져왔다며 팔았던 참기름이 가짜였다는 걸 알았을 때의 배신감은 그나마 애교스럽지만, 친절을 가장한 느물느물한 시선은 너무 부담스럽다.

영화 〈인턴〉에서 로버트 드 니로가 연기한 주인공은 온화하고 배려 깊은 성품과 함께, 오랜 삶의 경험을 지혜롭게 나누는 모습이 인상적이었다. 낭만으로 따지자면 그 정도 쯤이어야 로맨스그레이가 아닐까. '점잖음'에 대한 이야기를 하려다가 장황해졌다.

점잖은 사람이라고 하면 우선 여성보다 남성이 떠오른다. '품격이 속되지 않고 고상한, 언행이나 몸가짐이 의젓하고 예의 바르다'란 말뜻 그대로를 가진 '남자 사람'에 대한 느낌을 말하려니 그랬나 보다.

어떤 특정한 한 사람을 보면서 십 년 뒤의 그에 대해 생각해 보면 답이 나올 것도 같았다. 아주 크게 변하지만 않는다면. 나는 그가 소설 속의 '오베'라는 남자처럼 터무니없이 까칠하거나 심통다워도 속정이 깊은 따뜻한 사람이 돼 있을 거라고 보지만 '점잖음'을 가장한 속물은 적어도 아닐 거라고 믿는다.

나이 듦에 있어서 형형한 눈빛 속에 따뜻함이 담겨 있거나 옷섶을 매만지는 손길에 여유로움을 지닐 수 있다면 얼마나 좋을까. 남성이 점잖게 늙어가기란 여성이 부끄러움을 상실하지 않는 것만큼이나 어려운 일인 것 같다.

나는 내가 먹은 나이에 열은 뺄 수 있어도 열은 붙이지 않을 만큼만 신선하게 살고자 애쓴다. 무엇보다 부끄러움을 잊은 채 살고 싶지는 않다. 가끔은 아, 이 나이에도 모르는 게 있구나, 끊임없이 죽을 만큼 배워도 다 하지 못하는 게 인생 공부라는 걸 깨달아가면서 유해지고 싶다.

내게 총알이 거의 바닥났다는 걸 인정하고 또 내가 잡아당길 수 있는 방아쇠는 러시안룰렛 게임만큼 짜릿하거나 실한 권총이 아니라는 걸 섬세하게 헤아릴 수 있는 노후였으면 싶다. 불발에 그칠 걸 뻔히 알면서 장전해 봐야 결국은 허상일 수도 있겠지만, 어떤 게 세상을 향해서 내놓을 이치에서 그나마 크게 벗어나지 않을 염치인가는 살피면서 지극히 상식적인 '나이 듦'을 기대한다. 그래서 주문을 걸어보는 것이다.

수리수리 마수리 얍!

가끔은 거꾸로 맨발로

맨발로 땅을 걷는 '어싱'이 유행이다. 맨발의 감촉은 온몸을 느스러지게도 하고 말초적인 긴장을 주기도 한다.

이번에 다녀온 '부남 해변'은 오래도록 방문객들에 의한 훼손이 없었던 터라 모래알이 매우 부드럽고 녹진한 느낌 그대로이다. 실제로 근처 맹방 해수욕장과는 느낌 자체가 확실히 달랐다. 두 군데 모두 맨발로 한참을 걸었는데 맹방에선 발에 온통 먼지투성이였으나 이곳 부남에선 발이 뽀송뽀송했다. 그뿐이랴 발가락 사이로 모래알들이 빠져나가고 맨발의 아치, 깊숙이 느껴지는 촉감은 마치 아기의 볼에 입술을 가져다 댄 듯 한없이 부드러웠다.

맨발 성애자는 아니지만 나는 타인이든 나의 발이든 발에 대한 생각이 좀 각별하다. 어릴 땐 졸라서 겨우 산 운동화의 뒤꿈치를 죄다 구겨 신고 다녀서 '등짝 스매싱'을 당하기도 했지만, 내가 아무렇게나 구겨 신은 그게 사실은 의도적이었고 또 이상하게 편했기 때문이다. 묘하게 신발을 거꾸로 신을 때가 있다. 물론 실수로. 그런데 이상하게도 그렇게 신고 걸으면 발이 매우 편해진다.

예전엔 실수로 거꾸로 신던 신발을 가끔은 의도적으로 양쪽을 바꿔 신기도 한다. 정형화된 발의 균형감이 바뀐 신발 틀에 맞춰져 움직이다 보면 릴렉스하게 한결 편해진다. 믿어 보시라.

어째, '맨발' 얘기하다가 '신발'로 미끄러진 걸 보니 또 글로써 엎어진다 싶다. 암튼 진민, 자주 넘어지지나 말지어다.

이심전심

야박한 거, 헤픈 거, 그리고 아주 중요한 거. 그 행간의 늪······.

그런데 우리가 놓치지 말아야 할 건 다음엔 절대로 변명 같은 건 없어야 할 자유로움이지. 나누게 될 마음이라는 건, 무조건 넌 나고 난 너일 수 있는 두루뭉술한 타협 같은 맹목은 서로를 이해하려는 게 아니다. 타협도 없는 중용이 얼마나 힘든 건지 모르지 않는다. 더구나 아무것도 바라지 않을 때 가장 지극한 것일 수도 있다. 섬기지 않는다고 부정하는 것도 아니다.

"어떻게 나한테 이럴 수가 있어!" 자주 보게 되는 장면이다. 다행스럽게도 난 그런 표현을 사용해 본 적은 없다. 물론 그럴 일이 전혀 없었던 건 아니지만. 어떤 드라마에서 여주인공이 남주인공에게 악다구니하면서 절규하듯 네가 내게 왜 그렇게 해야만 했느냐, 추궁하는 대사를 보면서 든 생각이다.

사람들은 상대를 신뢰하고 소통하면서 본인 생각대로 모든 게 다 잘되기를 희망하고 또 그럴 거라고 넘겨짚는 습성이 있나 보다. 나 또한 어리석게도 잘 믿고 또 미련하게도 내 선택지를 확신하는 몹쓸 버릇 같은 게 있다. 메아리가 허공에서 부서지더라도, 둘이 서로 비밀스럽게 나눈 이야기가 설령 무익했더라도, 아니 협조하거나 협상하려고 했던 일이 결렬돼서 판이 깨지더라도 너는 네 자리에서, 나는 내 자리에서 가만가만 내려놓으면 되는 거 아닐까.

"어떻게 나한테 이럴 수 있어?"

이런 원망을 원천 봉쇄하려거든, 그건 아무리 생각해도 내 불찰이고 내가 원인이고 본인 생각인 악몽일 뿐이라는 걸 깨달아야 하지 않을까 싶다. 적어도 마음을 나누는 일이 어떤 틀과 아집으로 뭉쳐진 게 아니길 바라며.

코로나 시대의 사랑

코로나가 한창 기승을 부리던 그러니까 2단계 직전의 일이다. 연주회 끝나고 친구랑 들렀던 작은 선술집에서 한 쌍의 연인들이 나와 마주 보이는 자리에 앉아 있었다. 특이하게도 여자가 남자를 바라보는데 눈에서 꿀이 뚝뚝 떨어졌다. 여자의 눈빛과 시선은 단단하게 붙박여 있어서 내가 지나칠 정도로 본인을 쳐다보는 것조차 눈치채지 못하는 듯했다. 와우 '꿀 떨어지는' 상황이 바로 저런 거구나 싶었다. 말로만 듣던 꿀 떨어지는 시선을 나 역시 눈으로나마 확인한 날이었다. 코로나 시대의 사랑을 목도한 느낌이었달까.

산책 코스인 호숫가 데크에서 자주 마주치는 견공들. 나는 책임감 때문에 키우는 걸 포기하는 대신 오며 가며 보는 거로 만족하는 편이다. 가끔은 지인들의 강아지를 애견 호텔

처럼 조건 없이 맡기서 보호해 주는 거로 만족하지만 늘 갈
증이 난다. 그래서였을까. 마주 오는 강아지들을 바라볼 때
세심한 편이고 견주가 호의를 보이면 가끔 안아 보는 호사도
누릴 수 있다. 오늘은 바람이 좀 차서 눈만 빼꼼 내밀고 씩씩
하게 걷다가 아주 자그마한 비숑을 마주쳤다.

　자태를 한껏 뽐내며 걸어오는 녀석을 배시시 웃으며 하
염없이 쳐다보고 있는데 여고생인 듯한 견주가 내게 한마디
툭 건넨다. "우와아, 아줌마 눈에서 꿀 떨어지네요, 그치? 땅
콩아." 녀석의 이름이 '땅콩'인가 보다. 꿀 떨어지는 나의 시
선이라니. 스스로가 파악할 수는 없었으나 강아지를 보면
실없이 고개를 쭉 빼고 뒤돌아보다가 넘어질 뻔하기도 하고
대책 없이 웃고 있는 건 맞다.

　"학생, 내가 진짜 그렇게 보였나요?"

　"지난번에도 아줌마가 우리 땅콩이를 진짜 꿀 떨어지게 쳐
다봐서 기억나거든요. 강아지를 엄청나게 좋아하시나 봐요."

　학생은 내게 땅콩이를 안아봐도 좋단다. 검은 마스크를
써서 무서울 법도 했을 텐데 녀석이 살갑게 얼굴을 부비부
비하며 아양이었다. 땅콩이도 여학생도 석양을 삼키는 듯
한 반대편으로 사라지고 나는 그제야 내 눈을 한 번 끔뻑거

렸다. 그래 마음을 들키는 건 눈빛이다. 내가 너에게 감추는 마음까지도 전해져 오는 눈빛이라니. 얼마든지 들켜도 좋은 신호다.

사랑한다고? 조용하고 온전하고 늘 그대로여서 굳이 확인하지 않아도 되는 거. 그거 맞지? 너와 내가 눈빛의 '무애撫愛함'만으로도 편안함이 깃드는. 매번 느끼는 거지만 더워도, 추위도, '마음의 온도'는 내가 맞춰 가며 살아야 옳다고 믿는다.

폭풍처럼 달리는 말

말이 폭주할 때가 있다. 아니 마음이 앞서 폭풍 질주하는 거지. 엄밀히 말하면 나는 나를 버리기도 하고 나를 한껏 가두기도 하고 스스로 확인하는 거야. 잘하고 싶고 명쾌해지고 싶고, 우선은 스스로 안심해야 해. 위험하지 않다고 믿어야 하니까.

살아가면서 어디까지 솔직해야 하는 걸까. 목젖이 보이도록 웃다가 곧 토악질이 날 것 같은 너의 투명하지 않은 생각들과 너의 그 동티 나는 손익 계산법이 너무 싫어.

모두 다 보이거든. 계산하는 건 진짜 싫어. 돈 말고 마음 계산 말이야. 말들이 떠돌아다닐 땐 입을 닫아야 하는데, 자꾸만 꾸물거리며 나대는 생각들.

말이 말을 먹고, 또 말이 말을 삼키고, 말은 아끼자. 아주 얇은 나는.

삶 속의 병치

병치並置라는 말이 있다. 두 가지 이상의 어떤 것들을 함께 나란히 놓는다는 뜻이다.

어떤 갤러리에는 발을 들여놓는 순간 혹하고 가슴으로 안기는 뭔가가 있다. 문외한이라 잘 몰라서 더욱 스펀지처럼 흡수되는 강렬한 그 뭔가, 나와 작품들을 이어주는 묘한 몰입감이 그래서 더욱 즐겁다.

'병치의 즐거움'이란 주제로 같은 듯 다른 듯 따로 또 같이 두 작품을 한 방향의 시선에서 각각 다시 바라보게 했다는 점에서 매우 흥미롭다. 이우환&김환기 두 분의 작품을 한 벽면 위에서 나란히 만나게 해 놓았다든가 평소 관심 많았던 랄프 깁슨과 알렉스 카츠의 병치 또한 매우 유쾌하다.

뜻밖에 갤러리 안 중간 지점을 지나 안쪽으로 들어서

자 낯익은 귀한 작품 하나가 반기고 있었다. 임안나 작가의 〈로맨틱 솔저 #3〉와 요나스 우드의 〈플루트 플레이트〉라 니……. 제목에서부터 조금은 예상된, 이러한 병치가 무한 상상을 건네주기도 하는구나 싶었고 저절로 가슴이 두근거 렸다.

부자가 아니라서 감히 품어볼 수 없는 귀한 작품들 속에 서 한껏 우아한 사치를 부리며 거의 다 보고 나오려던 참인 데 큐레이터가(아트스페이스J 갤러리) 상세하고도 재미있게 작 품 안내를 해 주었다. 그래서 더욱 뜻깊었다.

〈병치의 즐거움 2〉 전시 계획 중이라고 한다. 매우 기대 된다.

색상 대비나 주제에서의 대립이든 흔하게 장르적 충돌 을 예상하면서도 절묘한 상승효과를 누리게 해줬다는 점에 서 내게도 많은 사유의 시간이 됐다. 어릴 때는 '연변 대비 (미술에서 인접한 두 색의 경계 부근에서만 대비 현상이 더욱 뚜렷하게 나 타나는 현상)'란 낱말을 가지고 재미나게 말장난을 했다.

'경계 대비'라고도 하던 미술적 본연의 뜻을 떠나 너랑 나랑은 연변 대비, 즉 가까워서 더 안 어울린다며 서로 거울 보고 히죽히죽 웃기도 했는데. 유난히 얼굴이 까맣던 벗, 미술반 강미는 잘 살고 있나 모르겠다.

　이번 갤러리의 작품들은 경계와 색상의 대비를 통해, 사색의 깊이 속에서 여유로운 감상이 가능한 매력적인 접근을 보여준다. 삶 속에서 서로 다른 개성을 지닌 우리가 나란히 어깨를 맞추며 조화를 이루듯, 이번 전시회도 그러한 아름다운 공존의 순간을 보여주기에 더욱 특별하다.

　내 삶은 누구의 삶에 포개어서 병치되어 있었던 걸까.

고급스러운 일상

DOMUS, FIAM의 브랜드가 주는 의미. 사치일까, 취향 저격일까?

바라만 봐도 기꺼운 브랜드의 명품이 있기도 하지만 가까이하기 힘든 게 사실이듯 때로 작품이 사무치게 마음에 들어와도 손쉽게 들여놓지 못하는 한계가 온다. 한동안 원화에 순결한 마음을 바치다 보니 또 다른 입장에서 에디션으로나마 대신하는 수를 쓰기도 한다.

청바지 하나로, 티셔츠 하나로도 만족하는 내가 명품백 대신 사치하는 유일한 창구이기도 하다. 무계획적이진 않지만 그렇다고 작정하며 들일 수 없는 무한 에너지들. 나는 감히 작품 하나하나는 심혈로 기울이고 응축해 놓은 '무한 에너지'라고 생각한다.

박재동 선생님의 〈'말미오름'에서 본 성산 일출봉〉 작품은 실제로 보면 온전하게 마음이 환해진다. 그냥 마음이 쏠려서, 마냥 민트 향처럼 화해서 그렇게 냉큼 부담 없이 모셔와 쓰윽 걸어 놓고 보니 또 잘했다 싶다. 원화가 아닌 디지털 판화의 매력은 즉흥적일 수 있어서 좋기도 하지만 때때로 마음의 부채를 상환해 주기도 한다. 물론 나만의 자족일지라도. 내일은 비가 제법 온다는데 어쩐지 기대된다. 날마다 웃고 날마다 선하고, 그리고 무엇보다 날마다 감사한 마음 가득하면 되는 거다.

벌써 초록의 무성함은 떠날 채비를 이미 끝냈나 보다. 아무것도 칠해지지 않은, 아니 밑그림 없는 그 하루하루의 풍성한 설렘으로 간직한 정서적 사치는 그렇게 고급스러운 일상의 밑거름이기도 하다.

파도 같은 인연

가만 보니 인연은 파도 같은 거라는 생각이 든다. 가만히 서 있으면 발목에 와서 찰랑거리다가 가기도 하고 무릎까지 기어오르기도 하고 닿을 듯 말 듯 발목 바로 앞에서 부서지다가 휑하게 돌아서기도 한다. 그뿐인가 어떤 파도는 눈앞에 당도하기도 전에 멀리서 재빠르게 사라지기도 하잖아.

조심하지 않으면 신발을 미처 벗을 사이도 없이 냅다 뛰어 들어와 내 하루의 반나절이나 속상하게도 하지. 헌화로 귀퉁이를 돌아설 때처럼 예기치 못한 집채만 한 너울성 파도가 차체에 온통 바닷물 세례를 퍼붓는 것처럼 온몸이 다 젖는 속수무책인 인연도 있거든.

기대하지 않았는데 귀빈처럼 살그머니 내게 와 준 그대. 몰랐지만 지내 놓고 보니 눈물 같았던 당신. 그리고 그런 그대의 햇살 같은 표정과 달짝지근한 목소리에 파도처럼 이끌려 조난될 것 같았던 먼 옛날의 기억으로 발목이 시큰한 가을날이다.

"뭐 하세요? 선생님, 잠깐만 나오실 수 있으세요?"

장명근 지휘자님의 부인이자 〈드림월드 필하모니 오케스트라〉의 이혜숙 대표님이었다. 얼떨결에 불려 나간 내 손에 예쁜 꽃차가 들려졌다. 며칠 뒤 또 같은 방식으로 불려 나간 나는 꽃차보다 더 예쁜 '연잎주'를 두 병이나 안고 돌아왔다. 귀한 인연 덕분에 알게 된 장 지휘자님은 음악을 일상처럼 누리고 베풀고 전하는 것도 모자라나 보다. 요리사 자격증은 물론 전통주 제조 과정 이수와 스킨 스쿠버 강의까지 하시는 만능 재주꾼이다. 외조의 막강한 힘을 발휘하는 바이올리니스트이기도 한 이 대표님의 손끝 야무진 섬세한 선물 꾸러미에 난 원치 않은 빚쟁이가 됐다.

페이스북의 벗인 명주가 교수님께서 지휘자님께 전통주 빚는 법을 사사했다더니 이번 '연잎주'는 그래서 더 특별하다.

어제까지도 반 팔 티셔츠만 입고 씩씩하게 돌던 호숫가 데크 위는 바람막이 자켓 하나 더 걸쳤는데도 제법 쌀쌀하다. 오늘 밤은 정성스럽게 빚은 연잎주 한잔 마시며 인연을 마주한다. 맹세코 뭔가를 받을 때보다 줄 때가 편한 성질머리인데 이상하게 받기만 하고 주려고 해도 받지 않은 인연은 물론 너무 줘 버릇해서 다시 주고 싶지 않은데도 끊임없이 주기만 하고는 일절 받아지지 않는 인연, 그거 절대 의지대로 안 되는 건가 보다.

그런 게 '인연의 늪'이라 여기며 허우적거리기보다는 사뿐사뿐 밟듯 조심조심 잘 다스리는 연결 고리임을 깨닫는다.

아름다운 해빙

아무도 지켜보지 않을 때 열심히 풀어 놓았나 보다. '그 새 벌써 다 풀린 거야?'라고 놀랄 일이 아니다. 해빙은 얼어진 시간 속에서 나름 바삐, 그리고 천천히 뒤집거나 깨부수며 유유히 흐르고 해산하듯 제 몸을 풀어 호수를 다시 채웠을 것이다.

잠시도 똑같은 배경을 보이지 않는 다채로운 서정과 풍광을 전해 주는 백운호숫가. 요새는 주민들보다 외부인들이 더 많이 찾는 곳이다. 오늘따라 너무 많은 사람이 붐비는 거로 봐서 내일이 설날이고 연휴임을 실감한다.

호숫가의 산밑으로 웅장하게 드러나는 〈타임빌라스〉의 -롯데프리미엄아웃렛- 모습을 보면서 올 하반기에는 이곳이 지금보다 더 붐빌 것 같다. 님비 현상을 떠나서 오픈 전

집으로 발송된 브로셔를 보니 지갑은 열게 하되 다른 지역의 아웃렛과 많은 차별화에 주력했다는 강점도 있다.

'슬세권(슬리퍼를 신고 다닐 만큼의 가까운 곳)'이란 우스갯소리대로 실제 코앞이긴 하다. 외부인의 잦은 발걸음으로 시끌벅적해질 일조차 내가 걱정해서 될 일도 아니겠지만 고즈넉한 호수의 저녁 물빛을 바라보며 잠시 딴전이다.

예전 같으면 전을 굽고 기름 냄새를 풍기며 동동거렸을 설 하루 전 이렇게 한가해도 되는지 모를 정도로 여유롭다. 결혼 23년 만에 얻어진 자유로운 해방과 시간이 가져다 놓은 아름다운 해빙. 나는 1월 1일 작심했던 계획을 음력 새해 첫날을 기준으로 또 새로운 3일을 열고 있다. 이 얼마나 꾸준한 반복이며 철없는 즐거움인가.

취하는 건 바다

당신은 아마도 이생진 선생님의 '술에 취한 바다'를 생각하고 있을 겁니다. 혹은 선술집 상호로써 '취하는 건 바다'로 알고 있나요? 아닙니다. 오로지 나만의 '취하는 건 바다'를 말하려고 해요.

나는 오지랖도 넓으나 호불호가 강해 손해를 많이 본답니다. 굳이 누가 시켜서 되는 것도 아니지만 타고난 기질 탓으로 돌리기엔 물심양면으로 손해의 폭도 크고 때때로 그런 내 머리를 쥐어박기도 하거든요.

여행지에서 무언가 탐탁하지 않으면 산속이나 바닷가 한 곳에 자리를 틀고 좀처럼 움직이지 않는 미련한 짓도 하지만 발바닥이 부르트도록 부지런히 다니기도 하고 두 번 다시 볼 수 없을 것처럼 열심히 눈에 담고 마음에 담느라 바쁜 척도 합니다.

　그렇다고 마냥 부산을 떨지는 않아요. 왜냐하면 시간에 쫓기듯 다니는 여행은 진정한 휴식을 주지 않으니까요. 여기저기 기웃거리기보다는 한 곳이라도 정이 가는 데를 구석구석 찾아보다 당장 이사 갈 것처럼 들뜨기도 하고, 동해 쪽 바다 한 모퉁이가 가끔은 안식처가 되기도 합니다.

　그뿐인 줄 아세요. 내가 좋아하는 시인이 새롭게 눈에 들어오면 그의 시집을 수십 권쯤 사서 지인들에게 나눠 주며 그 시집에 대한 알싸한 공감을 마구 강요(?)합니다.

　"좋지, 이 시, 정말 대단하지!"

　끊임없이 내 기호를 반강제로 상대방에게 떠다밀어 보거든요. 시든 책이든 나의 감성에 와 닿은 문장이 반드시 다른 사람들의 정서와 같을 수 없다는 걸 잘 알면서도 그렇게 마음을 전하고 나면 사명감을 다한 것처럼 묘한 쾌감이 생기거든요.

　얼마 전에 공연장을 간 일이 있었어요. 하필이면 나의 오른쪽에는 아주 점잖은 분이 앉아 있었습니다. 광란의 열기로 뜨거운 현장감에 들떠 액션이 커진 내가 손을 들어 환호하고 열광하는데 상대적으로 조용하게 무대만 응시하던 그 여성이 괜하게 신경 쓰였어요.

아무렴, 하지만 모처럼 내 안의 뜨거움과 탈진한 기력의 잔 찌꺼기까지 마구 토해 놓았습니다. 그날 난 쓸데없이 무거웠던 체중 일부를 덜어 놓은 양 엉킨 실타래 같았던 머릿속이 가뿐하게 날아오를 것 같았지요.

음악이 좋아서, 혼신의 힘을 기울이는 가수의 열정이 아름다워서 그리고 함께 그 느낌을 공유하는 모두의 공감이 즐거워서 마구 빠져드는 작은 몸짓만으로도 행복했습니다.

술에 취한 듯, 글에 취한 듯, 때로 삶에 지칠 때면 내가 좋아하는 것에 미쳐보는 것은 마냥 좋은 일입니다. 그게 비록 하찮은 잡기에 불과할지라도 과하지 않고 주변에 피해만 끼치지 않는다면 얼마든지 나를 잡다한 피곤함에서 구해 주거든요.

때때로 술 한잔합니다. 센 척하지만 못나게 소심한 나는 평소 속에다 담아두고 끙끙 앓는 편이라 술 한 잔 마시다 보면 쌓였던 응어리 같은 거로 가끔 오버할 때도 있어요. 안 해도 되는 말까지 덧붙여 상대방을 몰아세우기도 하고 평소 용기 없어서 해 보지 못한 객기를 부려봅니다만 술김에 고집부리는 앙탈이니 호기는 그리 바람직하지 않더라고요.

결국은 뭔가 좋아하고 싫어하는 것의 정도程度는 근원적으로 취取하기 나름일 테니까요.

언젠가 뜻하지 않은 고비를 맞아 피신처 삼아 묵호를 찾은 적이 있었어요. 술을 마시다 보니 격랑에 차 있던 마음까지도 흔들리며 집채만 한 파도가 요동치는 걸 보았습니다.

멀리 오징어잡이 배가 보인 듯 사라진 듯 시커먼 어둠 속에서도 불 밝히는 집어등이 가물거립니다. 그 불빛이 작은 희망의 불씨처럼 가까이 오더니 술 취한 마음을 어루만져주지 뭡니까. 물씬 짠 소금 냄새도 날아들었습니다.

'아하, 술은 내가 마셨지만 취하는 건 저기 저 바다일지도 몰라. 이렇게 시치미 뚝 떼고 기운 차려 보자고.' 취중에 한 생각치고는 제법 그럴듯하지 뭡니까. '그래, 나는 이곳에 묻히고 싶을 만치 바다를 좋아하잖아.'

비틀거리다 아스라한 심연 속으로 가라앉을 내가 아니라 온전해지기 위해 다가올 시간은 꼭 붙들고 가야겠구나 싶어서 취하는 건 내가 아니라 바다라고 슬그머니 핑계 삼았어요.

나는 내 말만 하고

바다는 제 말만 하며
술은 내가 마시는데
취하긴 바다가 취하고

—이생진 「술에 취한 바다」 중에서

　내 의식 저변에는 이생진 선생님의 '술에 취한 바다'가 깔려 있었다고 생각합니다. 어쩌면 그 술집 이름도 저처럼 시에서 착안했을지도 모릅니다. 난 오래전부터 인터넷상의 각종 닉네임을 '취하는 건 바다'로 등록해 사용하고 있습니다. 아는 분들은 '취바'라고 줄여 부르거나 그냥 짧게 '바다'라고 불러 줘요. 선술집의 '취하는 건 바다'보다도 더 오래된 연륜을 가지고 있죠.

　그쪽에서 절대 아니라고 우겨 본들 전 상관하지 않을 겁니다. 어차피 그런 건 크게 중요하지 않은 걸 전제하니까요. 모르긴 해도 술집 상호를 작명한 사람 또한 낭만적일 거라는 생각이 드네요.

　나는 지금 한 번도 가보지 못한 그 선술집에 가보려고 합니다. 생각이 복잡해질 때, 마음이 어수선해질 때 술은 내가

마시지만 얼큰하게 취하는 건 바다, 그리하여 나를 품 안에
폭 감싸 쥐고도 남을 그 넓은 어딘가의 힘을 실어 가며 살아
나갈까 해요.

여전히 좋아하는 것에 열중하고 싫은 건 분명하게 헤쳐
나가면서요. 무엇이든 안간힘을 다하면 온 우주가 나를 위
해 움직일 거라는 그 믿음 또한 저에게 있으니까요

불콰해진 바다가 저를 보고 크게 웃습니다.

하하하.

아는 사이

　참 이상하죠? 아는 사람은 한 냄비에 수저를 같이 넣어
서 먹어도 꺼려지지 않으니 말입니다. 좀 더 과장하자면 그
가 먹다 남긴 음식도 먹을 수 있지 말입니다. 에이, 뭐 그렇
다고 절 위생 관념 없는 얼치기로 보진 마십시오.

　그럴 만한 사이가 있다는 겁니다. 오래전, 친하게 지내
던 후배와 분식집에서 서로 다른 걸 시켜 먹고 비교적 적게
먹는 나는 수저를 먼저 내려놓았어요. 그 친구가 "형, 다 먹
은 거야? 이거, 내가 마저 먹는다" 그러고는 바로 게 눈 감추
듯 먹었습니다.

　"어? 야, 더럽게 왜 그러는 건데?"

　그 친구가 제게 이러는 겁니다.

　"형이 먹다 남긴 건데 뭐가 어때서? 모르는 사람이 먹다

남긴 것도 아니고."

아, 그렇습니다. 난 그녀의 오랜 선배였고 서로를 너무 잘 아는 사이였던 거죠. 단지 까탈을 부린 건 나였고 굳이 그녀의 입장으로 보면 녀석의 소탈한 성격과 나를 그만큼 아끼는 사이라는 겁니다.

딴에는 이번 코로나 덕분에 묘하게 '아는 사이'에 대한 선입견이 좀 더 정리되는 것 같습니다. 그냥 아는 사람과 아주 가깝게 아는 사이랄까요. 오랫동안 알고 지낸 친구나 지인은 왜 마스크를 착용하고 있지 않아도 무조건 가깝게 느껴져서 경계심이 사라지는 걸까요?

물론 위험한 발상이지요. 원래 머리로는 되는 게 가슴으로는 안 되는 거 있잖습니까? 로맨틱한 영화를 보면 연인끼리 포도주를 입술과 입술로 주고받는 터치를 합니다. 서로에 대한 믿음 없이 단지 관능적인 걸 수도 있겠지만 최소한 그 연인이 입술로 와인을 주고받은 의미는 아는 사이, 그 이상의 신뢰가 아니었을까 싶습니다만 시나리오 작가나 감독에게 안 물어봐서 모를 일이지 말입니다.

후배가 내가 먹다 남긴 음식을 거리낌 없이 맛있게 먹었던 건 단지 아는 사이여서일까요, 혹은 신뢰까지 포함된 걸까요? 그래서 말인데요. 저는 잘 모르나 아는 사람이 정권을 욕하거나 나훈아 공연을 욕해도 그분과 내가 생각이 다르다고 여길 뿐 화를 내지는 않습니다.

설득하려고 해도 제가 그만한 식견이 없습니다. 다만 사생결단 지나치게 주장할 경우 조용히 그리고 가만히 나를 돌아봅니다. 내 생각의 기준은 합리적인 것에서 뭐가 벗어났을까? 상대가 전하는 메시지에는 어떤 강점이 전제해서 나를 계도 하거나 가르치려는 가에 대한 쟁점도 찾아봅니다.

아니면 말고 조용히 돌아서는 순한 사람도 아니라서 발끈하기도 하고 가끔은 힘찬 주장도 합니다. 그런데 '아는 사람'이 아니 내가 좋아하는 사람이 그 관건의 주장과 색깔이 다르다고 해서 나를 내치는 것까지는 약간 이해가 되지만 굳이 멀리할 생각은 없습니다.

난 그 사람이 가수여서 좋거나 시인이어서 좋은 거지 그가 보수라든가 진보라서 좋아한 게 아니거든요. 애초에 그의 예술적이거나 문화적 본질을 좋아하는 거지 그가 그어 놓은 선을 좋아한 게 아니란 겁니다!

요즘 뭐 보수와 진보가 차별됩니까? 차선과 최선의 경계마저도 마구 무너진 판국에 너도 틀리고 나도 틀리면 아는 사이인 우리는 과연 '누구랑 손을 잡고 걸어야 할지 막막해집니다.

'난 아무것도 몰라'라며 회피하는 것도 죄라면 죄겠지만 애초에 '내로남불'인 모른다는 핑계로 절대 아니라고만 잡아떼는 세상은 아니었는지 묻고 싶어요.

나훈아 선생을 좋아하진 않았습니다. 꼬맹이 때부터 자주 접했던 노래였으니 허밍 정도로 따라 할 만큼의 친숙한 곡들이긴 하지만 그렇다고 제 취향은 아닙니다. 이분께서 현 정권을 비판하는 듯한 발언을 했다며 '아는 사이'인 어떤 분이 신랄하게 비판하더이다.

정견을 발표한 것도 아니고 개인의 생각인데 왜들 그렇게 짱돌을 날리는 건지⋯⋯. 예술은 예술, 금은 금, 돌은 돌로 날리는 거라지만 말입니다.

설령 나훈아 선생이 뭔가 오버했더라도 그분은 스타 맞습니다. 쥐락펴락 모두의 호기심을 다 장악했으니 말이죠. 나훈아 그 양반이 연세 드시고 뒤바뀐 세상사 언택트한 무대를 꾸며 모두를 위무하기 위한 그 이면에 자신의 존재감이나 소견이 왜 없었을까마는 나름 당신만의 일리 있는 소신을 폈던 걸 텐데 말이죠.

이쯤 해서 저는 말씀드리고 싶습니다. 나는 당신과 '아는 사이'입니다. 생각이 서로 달라도 당신이 나쁘다거나 그대가 날 싫어하지 않을 만큼이지 싶습니다. 내가 나훈아를 싫어하든 남진을 좋아하든 그건 단지 보라색이냐 청색이냐의 취향 문제일 뿐이지 보수와 진보를 나누려는 잣대가 아닙니다.

저 또한 너무 많은 생각을 분무기의 물처럼 뿜어내다 보니 희생과 각성과 총기가 필요한 문제일 겁니다. 물론 신뢰부터 쌓아야 할 '아는 사이'여야 하니까요! '사심'은 아는 사이일 때 더 깊어집니다. 바꿔 말하면 아는 사이일 때 사심도 오해의 늪도 더 깊어지는 것 같아요.

나는 그대와 말랑하게, 말쑥하게 적당히 아는 사이였으면 좋겠습니다. 물론 '아는 사이'에도 급과 격은 있을 테지만요.

한밤중의 망중한

맨발로 땅 위를 걷는 느낌보다 빗물이 고인 데크 위를 찰방찰방 디디는 촉감은 이루 말할 수 없이 좋다. 작정한 건 절대 아니고, 집을 나설 때만 해도 한두 방울씩 내리던 비가 호숫가의 절반쯤 왔을 때는 거센 폭우로 변했다.

이때다 싶었고 잠시 컨디션 때문에 걱정은 했으나 내처 뛰는 것보다야 오는 비를 온몸으로 맞으면서 여유롭게 걷기로 했고, 족히 삼십 분쯤 기대하지 않았던 격정적인 비와의 교감을 나눴다.

놀랍게도 세찬 비바람이 이제 곧 알차게 마저 익을 도토리들을 껍질째 떨어뜨린다. 후드득 소리 내서 떨어지는 도토리들이 데크 위를 뒹굴다가 발가락 앞에서 툭 멈추며 말갛게 고개를 내밀기도 하고, 껍질째 호수 아래로 낙하하면서 작은 동그라미를 그려내기도 한다.

　살면서 처음 느껴보는 이토록 경쾌한 우중 퍼포먼스라니……. 꽁꽁, 숨겨 놓듯 젖지 않게 호주머니 속에 넣어 둔 핸드폰과 연결된 블루투스로 들리는 곡이 밥 딜런이 아닌 클랑Klang의 〈Knockin' on Heaven's Door〉인데, 이 버전이 오히려 더 가슴 벅찬 감동을 준다.

　너무 잘 알아서 죽도록 미운 사람이 있고 너무 몰라서 살고 싶도록 좋은 사람이 있다. 전자는 이상하게 아는 것만 단점이었고 후자는 하필이면 모르는 것만 단점이었나 보다. 군이 말장난하자면 알고 있는 단점이어서 그나마 다행이나 모르는 단점 중에 치명적인 게 있다면 이 또한 굉장한 난센스가 아닐까 싶다.

　흠뻑 맞은 비 때문에 살짝 한기가 들었던 몸을 따뜻한 물로 샤워하고 나니 개운하다. 다시 불면이어서가 아니라 자의적으로 안 자고 싶은 또 그런 날이기도 하다.

　묘하게도 잠은 늘 컨트롤이 쉽다. 미처 몰랐던 장점이다. 한밤중의 망중한 또한 나쁘지 않다.

유쾌한 방랑을 꿈꾸며

여행을 굳이 구분 짓는다면 혼자 하는 여행, 둘이 하는 여행, 가족과 더불어 하는 여행……. 그중에는 무엇보다 '따로 또 같이' 하는 여행이 있다. 삼삼오오 짝지어 다니는 여행도 물론 재미있지만 가끔은 어디론가 하루 이틀쯤 혼자 길을 나서고 싶어도 엄두가 나지 않을 때 두리번거리다 만난 '따로 또 같이' 여행은 뜻밖에 많은 호사를 누리게 한다.

주위에 정보만 잘 찾아봐도 요즘은 인문학적인 여행이나 지자체가 저마다의 관광지를 상품화해서 그 고장의 홍보를 위해 양질의 투어를 준비해 놓고 프로그램을 제공하는 답사도 제법 많다.

한 시대를 풍미했던 예인의 발자취며 역사의 소용돌이 속에서도 굳건하게 견디며 우뚝 서 있는 고찰이나 고택들의 위엄을 바라보노라면 친구들 혹은 가족들과 재잘재잘 수다 삼는 일상의 연장이 아닌 나 혼자만의 느긋한 참여가 필요해지는 시간이 되기도 한다.

그렇게 작가와의 만남과 인문학을 중심으로 하는 여행이나 주제가 있는 답사 위주의 여행을 내 나름대로 '따로 또 같이' 하는 여행이라고 이름 지어본 것이다. 언젠가 모 일간지와 기업에서 공동 주관한 여행을 나섰을 때 일이다.

제법 긴 시간 달리는 기차 안에서 세 마디만 건네면 대화가 마무리되는 그녀, 그런데도 이상하게 편했다. 내 여행의 콘셉트가 '따로 또 같이'였기 때문일까? 생면부지인 1박 2일 여행의 파트너이자 룸메이트였던 그녀의 유난한 '말 없음'에 묘한 위안이 되었다. 어쩌면 그녀도 나와 같은 생각이었을지도 모른다.

호기심도 많고 천성이 장난기 많은 나로서는 왁자한 소통이 편하지만 가끔은 진심으로 고립된 것처럼 군중 속의 혼자인 듯싶을 때도 있다. 험하고 날 선 세상에 용기 내서 혼자 떠난 여행이지만 수십 명이 뜻을 함께하고 단체로 이동하는 길 위의 인문학적인 여정은 그래서 내게 더 특별하고 멋스럽게 느껴지기도 하나 보다.

그뿐인가? 애주가들은 흔히 안주가 무엇인가보다는 누구랑 마시는가가 중요하다고 말하듯이 패키지여행도 어느 곳으로 가는 것 못지않게 어떤 이들과 한 팀이 돼서 가느냐도 중요한 것 같다. 자유 여행이 피곤함을 안겨줄 때는 가볍게 무리 지어서 다니는 패키지여행의 진미를 잠시 맛보는 것 또한 나쁘지 않다. 한 팀이 돼 같은 곳을 다니고, 같은 것을 맛보면서 잠시 나누는 대화 속에 어떤 특정한 곳을 똑같이 보더라도 서로 다른 관점을 가졌다는 것에서 또 다른 말과 느낌이 이어지는 이국에서의 친밀감은 그래서 더 많은 위안과 깊이를 가져다주기도 한다.

때때로 다녀온 여행의 기억들이 조금씩 멀어지기도 한다. 애써 떠올리느니 몸으로 체득하는 게 더 효율적일 것 같아 현장에서 메모는 가능한 한 보고서 형식이 아닌, 보다 더 정서적으로 쓰고자 노력하고 사진 찍는 일보다는 마음에 담아 두는 일을 연습 중이다.

먼 훗날 변하지 않는 사진 속의 확실성 너머 추억 속의 너와 내가, 우리가 더 많은 이야기를 전해줄지도 모르니까. 다른 나라에서의 낯선 체험도 필요하겠지만 하늘색이 유난히 짙은 이번 겨울은 내 나라, 내 조국의 살가운 등줄기를 어루만지듯 7번 국도를 따라서 찬찬히 둘러보려 한다.

　혼자 혹은 친구들과 가족과 더불어, 때로는 따로 또 같이……. 그렇게 또 여행 가방을 싸는 내내 가슴 속으로 익숙한 멜로디가 밀려온다. 음치인 내가 크게 소리 내어 부르지 않더라도 가사를 읊조려 보는 노래다.

　'그림자 벗 삼아 걷는 길은 서산에 해가 지면 멈추지만, 마음의 임을 따라가고 있는 나의 길은 꿈으로 이어진 영원한 길.' 여행 중에 곧잘 따라 부르던 박인희의 〈방랑자〉는 이제 더는 라디오에서 자주 들을 수 없는 곡이다.

　이 노래의 원곡은 70년도에 니콜라 디 바리Nicola Di Bari의 노래로 발표된 〈방랑자〉이다. 원곡 또한 자주 들을 기회가 상대적으로 많지 않으나 미남 가수 지아니 모란디Gianni Morandi가 다시 부른 버전을 선곡해서 주로 듣는다. 취향의 차이겠지만 오리지널의 텁텁함보다는 상대적으로 달콤한 모란디의 목소리가 귀에 더 착착 감기기 때문이다.

　멜로디는 담담하게 반복되는 중독성이 있는가 하면 번안된 노랫말처럼 방랑자는 이미 정처 없이 떠다니는 나그네를 말하듯 진정한 여행이란 때때로 그렇게 정해지지 않은 스스로 발걸음을 내딛는 일인가 보다.

길을 떠나 서산에 해가 지면 멈추듯, 되돌아올 수 있는 안식처가 있을 때 비로소 여행은 완성되는 거다. 그리고 그 여행의 품격은 결국 나로부터 시작되는 것이라고 믿으며 나는 오늘도 유쾌한 방랑을 꿈꾼다.

바다의 여인

내가 왜 하필이면 이쪽 병원으로 이송된 건지 물어볼 겨를도 없었지만 어쨌든 무사히 퇴원할 수 있게 돼서 천만다행이란 생각이었다. 심하게 놀라서 밤마다 경기를 하던 아기는 이제 진정제 없이도 곧잘 잠이 들고 나도 견갑골 쪽의 부기와 통증만 가라앉으면 된다 싶어 주말 지나 월요일에 퇴원 예정이었다.

대치동에 위치한 병원이라고는 믿어지지 않을 만큼 이곳은 시장통처럼 시끌시끌하고 늘 소란스러웠다.

그날도 아기가 잠들자 나는 병실 복도 우측으로 돌아 위층 테라스로 잠시 바람이라도 쏘일까 싶어 걷는 중인데 어디선가 절규에 가까운 노랫소리가 들렸다.

'바닷가에서 우연히 만난 사람, 바닷가에서 추억을 맺

은······.'

젊은 남자인 듯한 목소리로 또박또박 가사를 전달하는데도 어쩐지 노랫말 같지 않게 갈수록 절규처럼 들렸다. 간간이 한 사내의 처절한 신음이 날카롭게 문틈으로 새어 나오고 있었다. '집중 치료실'이라 쓰여 있었고 옆으로 '처치실'과 연결된 그곳은 어쩐 일인지 문이 조금 열린 채로 침대 옆에 간호사들과 좀 떨어진 곳에 슬리퍼를 신고 있는 한 사내의 바짓단이 아주 조금 보였다.

너무 당혹스러운 나는 얼어붙듯 그 자리에 서 있었고 조금 뒤 노래의 2절이 끝나자 다시 같은 노래가 반복됐다. 귀에 익숙했던 4월과 5월의 〈바다의 여인〉이란 곡이었다.

미루어 짐작건대 집중 치료를 받고 있던 청년은 얼마 전 전신주 위에서 감전 사고로 전치 3도 화상을 입은 중환자였으며 그의 상태는 매우 심각하다고 들었다. 그 청년의 어머니와는 몇 번 탕비실에서 마주친 적이 있었고 수군거리는 아주머님들 말씀으로는 청년이 실신에 가까운 통증으로 고통스러워 자신 스스로 그 노래를 부르며 이 악물고 치료를 받는 거라고도 했다.

"왜 하필이면 그 노래일까?"라는 의문과 함께 "정말 청년이 직접 부르는 걸까?"라는 생각이 들었고 서둘러 내 병실로 돌아와 보니 옆 병상의 아주머니가 한마디 거드셨다.

"에구구, 색시도 들었능가? 그 총각이 죽기 살기로 노래 부르다 인자는 아예 기력이 다했는갑다, 즈그 친구가 와서 노래를 막 불러쌌는디 아따 눈물 없이 못 듣것지 뭐여."

아, 그랬다. 청년은 더는 화상 입은 입술로 안간힘을 다 해 부르던 노래를 부를 수 없게 됐고, 그의 친구가 붕대로 감긴 그의 손도 잡아 주고 부탁대로 그 노래를 불러 준다는 설명을 들었다.

그날 오후에 유난히 키가 작고 왜소하신 그의 어머니께 나는 4월과 5월의 음반을 건네 드리며 용기 내서 고작 '함께 간절히 기도드릴게요'라고 말씀드렸다.

주말이라 일찍 퇴근하고 병원으로 바로 온 남편에게 아이를 맡기고 환자복 위에 외투를 걸친 채 대치동 여기저기 음반 가게를 찾아 헤매다 겨우 구한 그 작고 네모난 4월과 5월의 카세트테이프를 포장해 달라고 부탁한 뒤 예쁜 엽서를 찾아 '쾌차하세요'라는 글과 짧고 간절한 기도의 말을 적었을 뿐이다.

감히 말로써 형용할 수 없는 고통스러운 그의 신음하는

소리에 묻혀 오히려 작게 느껴졌으나 처치실 안쪽에서 흘러나오던 〈바다의 여인〉이란 노래를 그가 편하게 귀로 들을 수 있기만을 바라며! 그리고 그가 덜 고통스럽게 빨리 회복되면 그 많고 많은 곡 중에 왜 하필 〈바다의 여인〉을 그토록 불렀으며 듣기를 원했는지 꼭 물어보고 싶었다. 그러면 얼굴도 몰랐던 그가 나를 환하게 반기며 사실은 애인을 생각한 거라고 너스레라도 떨어 주길 간절히 바랐었다.

나는 예정대로 월요일에 퇴원했고 통원 치료차 병원에 들르고 나서 가장 먼저 그의 안부를 물었다. 그는 내가 퇴원한 다음, 다음날 돌아올 수 없는 먼 곳으로 영원히 떠났다고 했다. 그리고 편지 한 통을 전해 받았다. 거짓말처럼, 정말 소설처럼 정성 어린 편지였다. 경황없이 선물을 받고도 고맙단 소리도 제대로 못 했는데 하늘나라 가는 아들 동무하라며 그 음악 테이프를 함께 보내 주셨단다. '색시 덕분에 아들이 몇 번이나 일그러진 얼굴로도 웃었다며 그래서 참 고마웠다고.'

편지를 전달받게 되면 전화하라고, 내게 따뜻한 밥 한 끼꼭 사고 싶다고 하신 그분께 나는 결코 전화를 드릴 수 없었고 하지 않았다. 나를 보시면 그 슬픔이 다시 떠오르실 것 같았고 무엇보다 내가 울음이 먼저 터질 것 같아서다.

　많은 시간이 흘렀지만 어쩌다 내 음악 리스트에 담긴 '사월과 오월'의 〈바다의 여인〉을 듣게 되면 청년과 그의 어머님을 떠올리며 모자의 평안을 그리며 기도한다.

삐빠빠룰라 비밥바룰라

젖살이 제법 오른 녀석이 분주하다. 호기심으로 가득한 큰 눈망울을 지닌 강아지다. 귀엽고 앙증맞은 녀석의 이름을 '삐빠빠'라고 정하자고 했더니 딸아이가 무슨 뜻이냐며 궁금하단다.

비틀즈의 〈Be Bop A Lula〉라는 곡에서 영감을 얻었는데, 이는 우리의 '얼씨구, 지화자'와 같은 흥을 돋우는 추임새에 해당한다. 경쾌한 멜로디에 맞추어진 "be bap a lula" 후렴구를 조금 된소리로 발음해서 '삐빠빠'라 부르고 그 음악을 들려주자 재미있어한다. 그렇게 거창한 명명식과 함께 가족이 될 것 같았던 녀석에게 시간이 흐를수록 문제가 생겼다.

'아메리칸 코카 스파니엘'이란 종이 원래 부잡스럽고 여간해서 길들이기 힘들다는 것이다. 유난히 강아지를 좋아하는 딸아이에게 선물이라며 삐빠빠를 준 산행에서 처음 만난 주인의 성의를 무시할 수 없어 덜컥 받긴 했는데 시간이 흐를수록 감당이 안 된다.

집 안 구석구석 어수선하게 만드는 건 예사고 여기저기 용변을 보고는 온몸에 묻힌 채로 옮겨 다니며 말썽인 데다가 온종일 집을 비운 뒤에 돌아와 보면 인기척이 그리웠는지 아기 보채듯 끙끙거리며 자꾸만 품 안으로 파고드는 통에 마음이 아리다.

무엇보다 바깥일이 많은 내가 이래저래 감당하기 힘들어져서 의논 끝에 마당이 넓은 후배 집으로 보냈는데 며칠 만에 그만 교통사고로 죽고 말았다. 그런 사실을 모르고 잘 자라고 있을 거라 믿고 있는 딸아이가 상처받을까 우리 부부는 궁리 끝에 삐빠빠랑 체격이며 털 색깔이며 모양새까지 비슷한 강아지를 구해 놓고 짐짓 모른 척했으나 결정적으로 큰 실수를 했다.

기억 속에 분명히 수컷이었는데 갑자기 암컷이 되었느냐며 조곤조곤 따지듯 묻는 고작 열 살인 딸아이 앞에서 아차 싶었지만 이미 때는 늦었다. 정작 나와 남편은 비슷한 모습만 고르는 데 열중하느라 성별을 확인하지 않았던 거다. 별수 없이 새끼가 너무 어려 네가 잘못 보았을 거라는 옹색한 변명을 하자, 자랑삼아 집으로 데려와 삐빠빠를 보여주었던 본인 친구들에게 전화해서 확인하는 것이 아닌가.

어른들이 간과하고 넘어갔던 작은 일들을 세심하게 기억하고 믿어 의심치 않는 걸 보면서 아이들 눈이 의외로 정확할 수 있다는 걸 깨달았다. 상처받지 않을 테니 사실대로 얘기해달라고 하기에 다독이면서 그간의 사정 이야기를 해주었더니 딸아이의 대답이 자못 심각하다. 삐빠빠가 죽은 것은 슬픈 일이지만 자신을 아기 취급하듯 어리게만 대한 일이 더 속상하다는 것이다. 마냥 어린 줄만 알았던 딸아이가 그사이 많이 컸다는 대견함과 더불어 우리 내외의 경솔함에 씁쓸함이 앞섰다.

말 못 하는 동물이라고 해서 살뜰하게 거두어 줄 역량도 못 되면서 덥석 받아온 일이 내내 마음에 걸린다. 여리고 예쁜 삐빠빠가 내 집에 오지 않았다면 건강하게 잘 클 수 있었을 것이란 자책에 마음이 오래도록 편치 않다. 최소한 궂은 일 마다하지 않고 끝까지 책임지며 키울 것인지에 대해서 좀 더 깊이 생각했어야 옳다.

입양 문제가 새로운 시각으로 조명되고 있다. 자녀가 있지만 입양해서 자신이 낳은 아이 못지않게 잘 키우는 가정도 있다고 들었다. 많은 아이가 해외로 입양돼서 고아 수출국이란 오명을 남긴 과거에 비해 비교적 자유롭게 이루어지고, 그들을 바라보는 시선도 남다르지 않다.

반면에 그에 따른 부작용도 많다고 한다. 유명 연예인 부부가 이웃과 사랑을 나누는 한 방법으로 둘째 아이까지 낳고도 아기를 입양해서 세간의 화제가 되기도 하고, 한 연극인은 아이를 자신의 호적에 올리고 친아들 못지않게 잘 키우는 모습이 훈훈하기도 하지만 다른 한편으로 데려온 아이를 보육원으로 다시 보내는 일도 더러 있다고 한다.

의사표시를 제대로 할 수 없는 어린아이를 의욕만 앞세워 입양한 뒤에 인내심 부족이라든가 짊어질 수 있는 한계를 조금 벗어났다고 해서 파양도 아무렇지 않게 한다는 이야기를 들을 때마다 측은하다고 생각했는데, 이번 일을 겪으면서 입양을 하든 애완동물을 분양받든 자신이 선택한 새로운 가족으로서 최소한의 책임과 의무를 다해야 한다는 생각이다.

잠시였지만 삐빠빠가 보여 준 재롱에 즐거워만 했을 뿐

내 집에 온 이후에 가족처럼 살펴줄 생각이 애초에 없었던 건 아닌지 후회하며 곁에 없는 녀석의 작은 몸짓이 눈에 선하기만 하다.

커다란 귀를 늘어뜨리고 여자아이 곱슬머리처럼 친친 감긴 노란 털을 뽐내듯 꼬리 치는 녀석을 제2의 삐빠빠라 부르고 있다. 물론 수컷에서 암컷으로 둔갑(?)한 요술 단지지만 즐거울 때나 외로울 때 함께 할 가족이라는 느낌으로 딸아이 못지않게 애지중지하면서 삐빠빠를 가족의 구성원으로 확실히 자리매김해 놓았던 기억들이 새롭다.

"be bap a lula, kiss my babe……." 노래를 들려주면 자신의 주제곡이라도 되는 양 경쾌한 멜로디에 맞춰 몸놀림이 빨라지는 녀석의 재롱을 바라보며 행여 나중에라도 기회가 다시 온다면 애완동물이든 화초든 정성껏 손길을 주자고 혼잣말로 약속했으나 이후로 우리 가족은 애견인은 가능하나 책임감이 필요한 반려견과 함께하는 일을 금기시한다.

사랑으로 낳아서 온몸으로 키우는 것이 자식이라면, 가슴으로 낳아서 온정으로 키우는 것이 또 다른 사랑의 방법이 아닐까 한다.

치맥 말고 오맥

"죄송합니다. 제가 너무 부스럭거려서……. 냄새도 좀 풍길 것 같고 괜찮으시다면 이것도 좀 나눠 드릴까요?"

뒷자리에 앉은 젊은 남성이 불쑥 내미는 건 제법 시원한 캔맥주와 조미된 오징어채다.

나는 좀 당혹스러웠지만 말쑥한 차림으로 정중하게 건넨 오맥을(오징어&맥주) 얼떨결에 받을 수밖에 없었다. 그는 흘깃거리는 일 없이 뭔가의 일에 열중했고 덕분에 나도 계획에 없던 캔맥주를 여유롭게 마실 수 있었다.

블루투스를 통해 흐르는 음악과 차창 밖으로 흐르는 정경이 우연처럼 조화롭다. 목적지인 포항에 도착할 즈음 그가 주섬주섬 짐을 챙기며 활짝 웃는다. 내가 가볍게 인사를 하자 그가 안심한 듯 한마디 건넨다.

당일 오후까지 마감할 게 있는데 너무 스트레스가 와서 미리 맥주랑 안주를 준비해 열차를 탔는데 혼자 마시면서 쩝쩝거리는 게 미안해서 건넨 거란다.

"죄송합니다. 저, 이상한 사람 아니고요. 논문 심사하고 자료 제출하는 게 일이라서요. 이쪽 대학에서 근무합니다."

아, 무슨 명함까지야, 부드럽게 거절했으나 나이 많은 내가 경계할 대상도 아니었으며 그저 반듯한 그의 자세가 깔끔했다.

포항역에서 친절하게도 그가 내려주는 트렁크를 건네받으며 순하게 웃어주었다.

"덕분에 음주가무……, 아니지, 음주 기차 여행 즐거웠습니다."

거짓말처럼 그와 내가 자리하고 앉은 그 기차의 5호 차량에는 나와 맨 앞쪽에 앉아 있던 또 다른 남성 한 분, 그렇게 세 사람뿐이었다.

멍청한 건지, 모자란 건지……. 그 셋은 아무도 자리를 바꿔 앉을 궁리가 없었단 거다. 우선 나부터도 햇살이 좀 거슬렸는데도 다른 쪽으로 이동해 볼까 하는 생각을 전혀 못했다. 단지 지정석이란 고정관념이었거나 귀찮았을지도 모를 일이다.

　살다 보면 요령부득 일 때도 많고 또 예기치 못한 일이나 선한 뭔가가 작용하면 뜻밖의 유쾌한 일도 있게 마련이다. 그나저나 그때 내게 캔맥주와 오징어 안주를 넌지시 건넸던 그분, 혹여 이 글을 읽었다면 연락해 주세요. 오맥 말고 치맥, 제가 쏩니다. 아주 유쾌하게요.

군침 삼키는 소리

정 선생은 그렇지 않아도 큰 눈을 더 동그랗게 뜨고 진영을 쳐다본다. 상기된 얼굴이긴 하지만 그녀 역시 나름대로 단단히 마음의 준비를 하고 나선 모양이다. 어느 때처럼 신중한 정 선생이 먼저 수첩에 메모부터 한다. 오늘따라 사무실 안은 마른침 삼키는 소리까지 들릴 정도로 조용하다. 그래서일까 비좁은 공간이 더 초라하게 느껴진다. 진영은 못 참겠다는 듯 운을 뗀다.

"저어, 선생님 우선 사무실부터 옮겨야 할 것 같아요. 주차장도 마련해야 하고, 쾌적한 공간이 되려면 도시 근교도 괜찮겠죠?"

성격 급한 진영은 어제저녁 내내 계획했던 방안을 단숨에 두서없이 늘어놓는다.

"네, 좋은 생각입니다. 민 씨가 다 알아서 하겠지만 제 생각에는 일단 편집장도 부르고 또 경제 자문이 될 만한 지인 한 분에게 전화하면 좋을 것 같습니다."

역시 정 선생다운 제안이며 차분한 말씨다. 얼마 전, 천문학적 숫자에 가까운 큰돈이 한꺼번에 진영의 통장에 입금되었다. 놀라운 건, 자신의 낡은 자동차나 아파트보다도 정 선생 산하 문학 단체인 '시 사냥길'이 떠올랐다는 사실이다. 통장의 엄청난 숫자가 화살처럼 그곳으로 날아가고 있다는 느낌을 지울 수가 없다.

시에서 보조하고 있긴 하지만 충분한 지원 정책이 있는 것도 아니고 마음은 너 나 할 것 없이 한결같아도 문우 중에 재정적인 문제를 해결해 줄 정도로 크게 여유 있는 사람이 있는 것도 아니다. 다만 정 선생을 필두로 문학에 뜻을 두고 소신껏 애써 온 회원들 덕분에 활동하고 있는 문학 단체다.

인품 좋은 진영의 남편은 시원스레 말을 꺼낸다.

"당신 운으로 들어온 거액인데 당신 생각대로 해야지, 게다가 뜻있는 곳에 기부하거나 일을 추진한다면 나야 대찬성이지."

순조로운 남편의 협조와 예의, 신중한 정 선생과 편집장을 비롯해 발 빠른 문우 몇 사람이 머리를 맞대고 의논한 결과 우선은 문학반 사무실로 사용할 건물을 계약했다. 수리산 자락 입구에 새로 지은 8층 건물이다. 필요한 기자재와 각종 집기류는 눈썰미 좋고 야무진 문 편집장이 맡고 서가에 필요한 책들은 강 여사를 비롯한 몇몇 선배들이 맡아서 일사천리로 진행되었다.

1층은 모던하면서도 차분한 분위기의 카페처럼 꾸며서 문우들이 사랑방처럼 사용하며 외부 손님 접대 공간으로 설정할 것이다. 2층은 강의실, 3층은 자료실과 모든 문학 활동을 각종 영상 매체로 접근할 수 있는 방송실로 규모 있게 나누고 4층은 정 선생이 자유롭게 집필할 수 있는 집필실과 서재로 정하고 나니 반쯤은 벌써 이사한 기분이 든다. 나머지 4개 층은 예술적 분야에 뜻을 두고 일하게 될 사무실로 임대해서 수입 전부를 문화 사업 전반에 걸쳐 활용할 방안이다.

아, 잊은 게 있다면 문학반 강의가 없는 날은 '야학'과 지역의 관심 두어야 할 가정의 자녀들이 방과 후 학습실로 사용할 수 있도록 일정을 맞추기 위한 협의도 서둘러야 할 텐데……

제2의 전성기를 맞아 왕성한 집필 활동을 하는 정 선생 책은 물론이고 새롭게 역량을 과시하는 등단 작가들의 작품도 일간지 광고에 홍보함으로써 '시 사냥길' 문학반이 그저 명분만 있는 모임이 아니라는 걸 알리며, 할 수만 있다면 중앙 문단에서도 그 저력을 과시하고 싶은 욕심이다. 아직 글이 미숙한 민이는 선배들의 입지를 위해서라도 열심히 발로 뛸 작정이다. 우선은 주요 일간지 문화부 기자들을 섭외해 둘 참이다.

　　며칠 후, 45인승 문학반 셔틀버스와 부분적 이동을 도와줄 미니버스가 인도되었다. 진영은 정 선생이 10년 넘게 타고 다니는 차를 바꿔 드리겠다고 조심스럽게 제안했으나 아직 10년은 더 탈 수 있는 '애마'라며 정중히 사양하는 바람에 무산돼 다소 아쉬웠다.

　　새로 출고된 두 대의 차량이 꿈인가 싶게 눈부시던 날, 정 선생과 진영, 문우들이 함께 모여서 조촐한 다과회를 열어 자축했다. '시 사냥길'은 그동안 내적, 외적으로 명실상부 지역을 대표하는 조직이다. 무엇보다 처음 시작부터 열악한 조건 속에서 정 선생을 비롯한 선배 기수들까지 열정과 끊임없는 노력의 결실 덕분에 오늘날 뜻깊은 행사가 되었다는 걸 모두 진심으로 기뻐하고 있었다.

"여러분, 이제 우리의 보금자리로 입주하는 그날을 위해서 지역 문화 발전을 위해 전 재산을 희사하신 익명의 독지가에게 감사드리고 더욱 열심히 하라는 뜻으로 받아들이고 잘해 봅시다."

정 선생은 수업 시간에 열강하듯 다시 말을 이었다.

"문학은 결핍이 필요하다고 했습니다, 이제 저희가 마음 놓고 공부할 수 있는 문화 센터와 문학 답사나, 자유로운 현장 학습을 위해 편히 이동할 수 있는 차들이 모두 준비되었지만 누가 뭐래도 우리는 결핍을 등에 지고 오로지 글 쓰는 일에만 전념하고 긍지를 느끼는 동인들이라고 굳게 믿습니다.

재정적인 것은 여기 새로 오신 사무장 박문도 씨가 맡아주실 겁니다. 문학 재단에서 나오는 모든 재원財源은 이제 글쓰기를 시작하려는 꿈나무와 후배 양성을 위해 적극적으로 후원할 것이며 정준우 문화 센터가 제 개인을 위한 단체가 아니고 바로 여러분을 위한 축복 된 자리라는 걸 여러분 스스로가 보여주시리라 기대합니다."

정 선생은 약속한 대로 거액을 기부한 사람이 진영이란 걸 언급하지 않았지만 늘 그랬듯이 사심 없는 확신에 찬 힘

있는 목소리였다. 환하게 웃는 문우들 틈 사이에서 연신 캠코더를 움직이는 민이는 평소처럼 낡은 단화에 빛바랜 점퍼 차림이었지만 여전히 문화재단 개소식 사진을 찍고 촬영하느라 눌러쓴 모자가 떨어지는 줄도 모르고 있었다.

뒤늦게 떨어진 모자를 주우려고 고개를 수그리는데 누군가 어깨를 툭툭 친다.

"당신 요즘 집안일보다 습작하는 일이 더 재미있는 모양이야. 책상에 엎드려서 자지 말고 좀 눕지 그래. 난 벌써 출근할 시간이라고……."

반듯한 진영의 남편 얼굴이 희미하게나마 클로즈업되는 뒤편으로 아침 햇살이 눈 부시다. 진영이 민망해하며 황급히 접으려던 책갈피 사이로 어제 오후에 사 두었던 복권 한 장이 염치도 없이 스르륵 떨어진다.

그제야 진영이가 단꿈에 물고 있던 침 삼키는 소리가 '꾸울꺽' 작은 아파트 거실 벽으로 옹색하게 새어 나가고 있다.

콩트이지만, 나는 실제로 이런 꿈을 자주 꾼다.

춤 한번 추실까요

병원 순례를 마치고 스타벅스 창가에서 밖을 내다보다 피식 웃음이 났다.

마흔 중반쯤일 때다. 죽마고우인 친구 둘이 들이닥쳐 무조건 술도 사고 밥도 사라면서 도심 인근에 있는 바로 저쪽 길 건너편 나이트에 가보고 싶단다. 나는 '음주가무'에서 음주 빼고 가무가 전혀 안 되는 처지라 마뜩잖았으나 먼 길 마다하지 않고 놀러 온 벗들의 간절함에 덜컥 입장하고 보니 아, 이건 뭐 완전 별천지다.

말로만 듣던 중년 나이트에 들어가자마자 스테이지로 나가 춤추는 두 아지매 빼고 멀뚱대며 앉아 있는 내게 계속해서 '부킹'이란 걸 해대는 것이다. 이쯤 해서 밝혀두는 거지만 내가 결코 순진하다거나 착하다는 그런 내숭은 아니다.

난 일단 춤추는 자체를 질색하는 터라 테이블에 놓여 있던 맥주를 마셨고 열려 있는 귀의 모든 기능을 다 집중해서 쿵쾅거리는 음악에 몰입하고 싶은데 '강호동'이니 '백두산'이니 '조용필'이니 하는 닉네임을 명찰로 장착한 젊은 친구들이 번갈아 와서는 자꾸 다른 테이블로 가자고 졸라대는 거다.

'이런, 이런…….'

귀찮기도 했고 굳이 귀중품 보관함에 넣자던 그녀들의 가방을 꼭 끌어안고 지킴이처럼 엄한 술만 마시고 있었으나 내가 모자라 보였는지 이곳저곳에서 손짓하며 꼬여 드는 것이다. 순간 호동인지 용필인지(너무 오래돼 기억이 가물가물하지만) 하는 나이트 직원의 귀를 대고 큰 소리로 말했다.

"저기요, 매니저님, 좀 불러 주세요."

잠시 뒤 덩치가 커다란 형님 같은 사내가 왔고 난 지갑에서 거금 십만 원을 꺼내 주며 말했다.

"앞으로 우리 테이블 건드리지 마세요. 대신 술은 알아서 주문할게요."

나는 재빠르게 단호히 말하며 머리를 쓸어 올렸다. 이후 상황 종료! 완전 클리어다.

저녁 겸 술을 적당히 마신 친구들은 신들린 것처럼 춤을

췄고 나란 존재는 그녀들의 기억 속에 전혀 없었다. 맥주를 거푸 마신 나는 옆구리에 앉혀 놓은 그녀들의 비싼 핸드백들이 걱정돼서 자리를 못 뜬 채 죄 없는 방광의 반란으로 옆구리가 터질 것같이 괴로웠다.

다음날 두 친구는 전화로 덕분에 살풀이해 봤노라며 해맑게 웃었고 그날 이후 나는 나이트란 글자만 봐도 멀미가 난다. 그 시절 바로 그 신천지가 눈앞의 저쪽 길 건너 '일 번지 나이트'라는 곳이다. 듣기로는 오래전 없어진 거로 아는데 간판은 그대로 있다는 걸 오늘에서야 본 거다.

종일 수다를 피어도, 밤새워 책을 봐도 에너지 넘쳐나서 무엇이든 가능했던 그 시절로 다시 돌아간다면 음주가 아닌 가무도 한번 해 볼 수 있지 않을까 싶기도 하다. 아, 절대 나이 타령은 아니다. 이미 먹은 나이는 양호하게 잘 먹은 거라고 믿지만 돌이킬 수 없는 열정들이 그리울 따름이다.

집과는 조금 동떨어졌지만 패기 넘치게 다녔던 이 거리를 힘없어하며 병원들이 모인 건물이나 드나드는 약체여서 다소 의기소침해진다. 그 시절 함께 놀았던 그녀들과 여전히 유쾌하게 즐겁게 여행도 하고 수다도 떨며 잘 지내지만 이후 춤이란 걸 춰 본 적이 없다는 것 또한 '안 비밀'이다.

정형외과에서

이거 철저하게 이중인격 맞죠?

야경이 꿈나라 같았던 ○○ 호텔 침대 매트리스가 문제였나 보다. 보통 하드한 쪽의 매트리스가 내게 맞는데 너무 푹신한 게 문제였는지 종일 날다람쥐처럼 뛰어다닌 게 원인이었는지 모르나 등과 허리 부근의 참을 수 없는 통증과 제대로 움직이지 못할 만큼 괴로워서 참고 참다가 ○○정형외과를 찾았다.

나는 정형외과를 비합리적인 병원이라고 여기고 있다. 늘 도식적인 검사와 과잉 진료가 눈에 띄는 부분이 많고 일부 비합리적인 도수 치료와 실손 혜택을 주기 위한 입원 요구도 많아서 가장 꺼려지는 곳이다. (참고로 전부가 아닌 내가 피하고 싶어 옮겨 다닌 곳마다 대부분이 그랬다)

이사 후 집과 가깝고 병원 내부가 쾌적해서 잠깐씩 다니는 새로운 병원. 주치의 선생님이 젊고 친절한 분이기도 했고 증상과 원인에 대한 설명도 어찌나 잘해 주는지 이해도 쉬웠지만 결국은 또 기본 검사 외에 불필요한 비급여 적용인 세밀한 검사로 가는 분위기였다. 나는 최대한, 아주 최대한 공손하게 '읍소형'으로 말을 건넸다.

"선생님, 제 6번과 7번 경추 사이의 협착은 초기로 알고 있어요. 그렇게 진단받은 지 얼마 안 됐으니 굳이 또 반복 검사는 불편해서 싫습니다. 솔직히 말씀드리면 과잉 진료는 싫습니다. 나쁜 뜻은 없지만 정말 죄송해요. 제 소중한 건강에 대한 일이라 어차피 보험 적용, 금액 차이는 제게 큰 의미도 없는 거고. 진짜 제 심정 조금만이라도 헤아려 주세요."

의사 선생님이 씨익 웃으며 내 말을 거들었다.

"아…… 아닙니다, 아까 제게 말씀하신 것처럼 너무 폭신한 침구에서 위치를 바꾸지 못한 채 나쁜 자세로 장시간 주무셔도 동통이나 증세가 나타날 수도 있는 거니까 나중에 하셔도 돼요. 검사가 시간은 얼마 안 걸리나 많이 불편하실 수는 있으니까요."

기대 이상으로 쿨하게 받아 줬다. 어쨌든 나는 또 다른 청년처럼 보이는 방사선과 선생의 목걸이나 장신구를 모두 빼라는 지시를 받아 움직이는데 이게, 이게 말이지, 당최 목도 수그러지지 않고 팔과 손가락이 잘 움직이지 않아서 자꾸만 빗나갔다.

그 좁은 방사선과 처치실에서 몹시 당황하며 허둥대고 있는 나를 본 그분은 괜찮으시다면 본인이 풀어 보겠노라며 내 쪽으로 성큼성큼 다가오더니 미처 수그러지지 않는 내 목 사이로 손을 돌려 홀쩍 풀어서 내게 건네줬다. 순간 내 입에서 지상 최대의 예의가 담긴 공손한 한마디가 흘러나왔다.

"영광입니다."

흑흑…… 영광이라니, 아니 왜 하필 영광이냐고요! 이 무슨 끔찍, 깜찍하고 발칙한 망발을 하는가 말이다. 전자에서 깍듯한 똑순이로 하고 싶은 말 다 해 놓고 기껏 웬 꼴뚜기 망둥이 해삼 말미잘 같은 불가사리한(불가사의한) 헛소리를 했단 말인가?

아! 순간 환자복을 벗어 던지고 병원 건물을 뛰쳐나가고 싶었다. 방사선과 선생이 씨익 웃더니 "괜찮습니다"라는 참으로 안 어울리는 화답과 함께 본래의 검사를 시작했다. 영광이라는데 괜찮다는 화답이 돌아왔고 이제 어떻게 그 말을 취소

할 거며 또 뭐라고 바꿔야 말끔해질 수 있겠는가 말이다.

차라리 푼수 되고 입 다물자. 다음부터 이 분과는 절대 만날 일이 없기를 바라고 또 간절히 바라며 억지로 물리 치료까지 받고 나오는데……

"저기요, 환자분!"

"네."

"지갑 들고 가셔야죠."

아뿔싸, 물리 치료실 침상에 핸드폰 놓고 와서 다시 올라왔는데 또 이번엔 데스크에 지갑을 놓고 온 모양이었다. 그나저나 이런 건 그냥 건망증이겠고. 그럼 저 위의 사태는 이중인격인가. 그것도 아니면 그럼 혹시 내 안에 '다중이'가 잠재하고 있나 보다. 게다가 방사선 담당 선생이 훤칠하고 꽤 잘생긴 건 맞지만 사심 있을 나이도 한참 지났으니 말이다. 고백하지만 나는 인물을 보거나, 그런 거 절대 아닌데도 말이다. 여전히 창피한 건 내 몫이다.

고질병, 스킨십의 경계

땀을 전혀, 아니, 거의 흘리지 않는 나는 평소 쾌적한 상태를 유지하는데, 아주 가끔 크게 당황하거나 능력 밖의 운동을 하다 보면 땀이 흐른다기보다 조금 촉촉해지는 정도다.

PT 강사님이 남성이라서 거의 터치를 하지 않지만 어쩌다 팔목이나 발목을 잡아 주려 해도 기겁 수준인 내게 하는 말이다.

"근육이 항상 긴장된 상황이라서 몸이 잘 안 풀리는 겁니다. 운동할 때 땀은 기본이고 그런 거로 경직되면 효과적인 스트레칭은 못 하십니다."

그러고 보니 나는 미용실에서 머리를 감겨줄 때나 심지어 마사지 숍에서도 몸에 긴장 좀 풀라는 주문을 자주 받는다. 십 년 넘게 드나드는 곳의 원장님이 내게 하는 말이다.

"아이쿠, 이젠 좀 나랑도 내외 안 할 때도 된 거 같은데 우째, 몸에서 긴장을 아직도 못 풀어 놓는대요."

당신이 여성인데도 불구하고 내외 운운할 만큼 만성적인 나의 고질병인가 보다. 사람 안 바뀐다고 그런 나와 남편은 거의 쌍벽을 이룬다. 우린 평소에는 절대로 손을 잡고 걷지 않으며 (단순한 '귀찮다'가 아닌 상대가 편안했으면 하는 배려 차원이지만) 서로가 터치와 스킨십 전혀 없는 객체다.

나와 그의 성향은 정반대이지만 일상적인 터치나 스킨십의 상호 허용 범위가 완벽한 것까지는 편하다 못해 좋은데 요원한 일이 하나 있다. 신혼부터 난 그이의 발을 씻겨주고 싶었는데 아직 단 한 번도 그 소원을 풀지 못했다.

딱 한 번만 내 발 말고, 네 발을 씻겨줘 보고 싶다고 하니 그에게 돌아온 대답이다.

"나 죽거든 씻겨줘. 내 양손 멀쩡한데 내 발을 당신이 왜? 궂은일을, 민망하게······."

아뿔싸! 그거였어. 그이나 난 늘 서로에게 밝고 맑고 깨끗한 것만을 원하는 거지. 이쯤 되면 반론이 참 많겠구나 싶다. 하지만 이런 게 개인이 추구하는 아주 사소한 '경계의 선'이라고 생각한다.

고질적인 건지 그러한 이 두 사람은 그래서 늘 서로에게 기꺼이, 아니 타인에게도 가능한 한 안 그러려고 하는 엄격하다 못해 결벽하거나 까칠한 단점을 지니고도 서로 흉을 보긴커녕 인정하고 늘 은연중에 그 경계를 지키고 산다.

아. 한 가지 예외는 있다. 가끔 그의 비누 향이 가미된 달큰한 살 냄새를 맡기 위해 나는 돼지처럼.입술을 최대한 쭈욱 내밀고 코까지 벌름거리면서 그의 어깨와 등에 대고 킁킁거린다. 물론 그의 피부 상태가 뽀송뽀송 쾌적한 경우에 한해서만 괜찮다는 허용이 전제된다. 피곤하고 지나치게 편향적인 이 까탈스러움이 우리 부부에게 치명적인 단점이 아니라 서로를 더 격정으로 이끈 타협점이기도 하다.

19금이 될까 봐 엄청나게 애쓰다 보니 오히려 더 애매한 글이 된 건 나의 한계이며 가볍게 웃자는 뜻이다. 그나저나 뻗대는 아저씨 발은 언제쯤 씻겨 볼까나 싶다. 적당하게 따뜻한 물에 샤워 버블 살짝 풀어 예쁘게 최상으로 정성스럽게 씻겨주고 싶은데 말이다.

그리운 신혼 아파트

"사모님, 요즘은 똘똘한 거 한 채입니다. 사실 이만한 물건 어디에도 없습니다. 블라블라…" 엿들으려고 한 건 아니지만 실적이 절실해 보이는 공인중개사의 브리핑과 한껏 거드름인 어느 여사님의 발걸음이 나보다 느려 듣게 된 대화이다.

"아, 내가 여기 오려는 이유는 강남하고 아주 가까워서 '세컨 하우스'로 딱인 거 같긴 한데……. 왜 물건 나온 게 하필 요거 하나인 거냐고?"

나는 저 어정쩡한 말투와 '세컨 하우스'라는 과시적인 표현이 거슬렸다. 세컨드도 아닌 '세컨'이라니. 그리고 두 번째 집이면 충분할 텐데, 또 하나 더 있다면 '써드 하우스'라도 될 건가? 그렇게 생각하며 그들 옆을 무심히 지나쳐 호숫가를 한 바퀴 돌고 왔다.

아파트 열풍은 부동산 해법에 걸림돌이자 늘 그렇듯이 재테크의 본령이 되기도 한다. 서른 중반이었던 남편은 결혼을 결정함과 동시에 세입자를 내보내고 그가 장만해 둔 아파트에 미리 들어가 살고 있었던 터이다.

예비 신부였던 난 아파트 인테리어를 마무리하고 집으로 가려는데 하필이면 택시 총파업인가가 엄청 심한 그날 밤, 막차도 끊기고 할 수 없이 예비 신랑인 그의 아파트에서 잘 수밖에 없는 상황이었다. 이쯤 되면 그룹 '장미여관'의 〈봉숙이〉 가사처럼 이렇다 할 갈등을 생각하겠지만, 결혼식 전까지 서로 내외가 확실했던 사이여서 뭐 딱히 기대할 만한 이야깃거리는 없다.

"샴푸는 이걸 쓰면 됩니다. 단 원액이라서 아주 조금만 사용하세요. 안 그러면 거품 때문에 고생할 거예요."

그는 자기 방으로 들어갔고 나는 조심스럽게 그가 가리킨 샴푸를 병아리 눈물만큼 찔끔 짜서 머리를 감았다. 어? 샴푸 원액을 너무 조금 덜었나?

아주 소심하게 다시 병아리 눈물만큼 더 짜서 머리를 감았으나 거품은커녕 계속 물만 묻힌 느낌이 들었고 더는 어찌해 볼 생각 없이 샤워를 마치고 바로 잠이 들었다. 다음날 그와 근처 식당에서 아침밥을 먹는데 '머리는 잘 감았습니까?'라며 특유의 사람 좋은 미소를 짓는다.

"그게, 샴푸가 국산처럼 거품이 잘 안 나서 불편했어요."

내 말이 떨어지게 무섭게 그는 필요 이상으로 큰소리로 웃는 게 아닌가.

"진짜 내 말을 믿은 겁니까? 아니 샴푸가 원액이 어디 있습니까? 장난한 건데……, 그 말을 믿다니요? 하하하……."

오 마이 갓!

대체 이 남자는 내게 뭐라는 건가? 나중에 결혼하고 그에게서 들은 말이 더 가관이다. 설마하니 원액이라도 쥐똥만큼 사용할 사람처럼 절대로 안 보였단다. 오히려 내가 통 큰 여자로 보였다나 뭐라나. 그것도 모르고 나는 바보처럼 샴푸의 용량을 소심하게 덜어내서 사용하느라 낑낑거린 멍청이가 된 거다.

바로 그 아파트에서 예쁜 딸아이를 낳았고 그 아이가 초등학교 다닐 때까지 알콩달콩 살았던 추억의 신혼집이었던 그곳은 첨단의 새 아파트로 거듭났다. 지금은 그때의 우리처럼 신혼부부에게 세를 주었으나 언제고 다시 들어갈 생각이다. 그는 지금도 가끔 욕실로 들어가는 나에게 뜬금없이 큰 소리로 말한다.

"여보, 그거 새로 산 샴푸 원액이야. 쪼꼼만 덜어서 사용해요."

추억 손익 계산서

고백하자면 마음으로 손해 보는 걸 조금 못 견디는 편이다. 물질적인 건 어느 정도 양보가 되고 손해 보더라도 크게 마음 쓰지 않고 넘어가는 배포가 있어서 쿨한 정도이며 상대적으로 그렇단 뜻이다.

옛날 아주 먼 옛날 호랑이 담배 피우던 시절, 이상한 나라의 흑임자처럼 나타난 남자가 있었다. 전혀 예상치 못한 상황이기도 했고 무방비 상태여서일까, 아차 하는 순간 그의 포로가 됐다.

정식으로 교제를 한 것도 아니었지만 그냥 묘하게 그가 이끄는 대로 만남의 패턴이 이뤄졌었고 먼 훗날 다시 그 모든 시간을 되돌아보니 그에겐 호기심과 호의와 바람기 정도였고, 나에게도 호기심이었고 일정 부분 '연모의 정'이란 게

다를 뿐이었다. 딱히 헤어진 절차를 밟은 것도 아니지만 점점 그와 멀어지고 난 후 나는 그가 잠시 그리웠고 또 여느 날은 주체할 수 없을 만큼 내가 바보가 된 것 같아 멍해지기도 했다.

그러나 그를 볼 수 없는 시간이 길어질수록 나는 그에 대한 내 마음의 저울질이 엄격해지면서 이번엔 내가 그에게 잠시나마 커다란 쉼표를 준 것 같단 뿌듯함과 더불어 밑져야 본전일 것 같았던 야릇한 승부욕에서 벗어날 수 있었다. 딴에는 내가 그에게 오히려 고마워해야 할 것 같았기 때문이다.

나는 생애를 통틀어 '여우짓'이란 걸 한 적이 없는 보이시한 여자애였고 남편과 만날 때도 결혼을 전제로 한 연애가 아니었기에 그 흔한 콧잔등에 주름 잡아가며 실실 웃거나 혀짧은 소리 내지는 맘에 없는 말을 내뱉은 적이 없었다.

흑임자 씨와 사랑도 우정도 아닌 그 한 자락의 소통이(?) 전무후무한⋯⋯. 그러고 보니 그가 나를 홀린 게 아니라 내가 단지 그에게 먼저 손목을 쥐게 했던 것도 같다. 이제 후회하지 않는다. 아니 산뜻하게 정산했다.

내게 그는 태어나서 처음 느끼는 아슬아슬한 긴장감을

선물했고 나는 그에게 본인이 홀리면 누구라도 따라올 거란
자부심을 완벽하고 돈독하게 다듬어 주었다고 믿었다. 나
름 그에게 페이스 밀릴까 봐 매우 의젓하게 굴었던 것도 같
은데 본디 마음을 들키지 못하는 것 또한 내 덜 떨어진 태도
때문이었다.

나는 자존심 상하지 않으려고 술값이며 밥값이며 기꺼
이 내면서도, 넋 나간 여자는 되지 않으려고 값비싼 장신구
같은 선물이나마 정표 삼아 해 주고 싶은 욕구를 꾹 참아냈
다. 물론 그도 내게 맛있는 밥도 사고 술도 사고 그리고 언
젠가는 기억에 남을 소중한 뭔가를 주기도 했다.

그나, 나나 경제적인 기반이 전혀 나쁘지 않았기에 가능
한 일이기도 했고 알고 보면 그에게도 나름의 원칙이 있는
깔끔한 남자였기에 물질에 연연할 필요도 없었던 게다. 반
전이라면 내가 그보다 더 연상이라는 것과 그는 나보다 훨
씬 멋있고 키도 크고 머리도 좋고 다재다능한 능력자였고
나는 나이에 비해 매우 어리숙하고 모자라고 해맑았던 점이
다. 그래서 내가 마음으로 손해 볼 이유가 없다고 결론지으
며 이 어처구니없는 손익 계산서에 해피엔딩, 도장을 꾹 찍
었다.

To. 흑임자 씨

나는 늘 당신에게 빚을 진 기분이 들더라고요.

내가 간혹 마음으로 손해 보고 살지 못하는 이유를 말하고 싶었는데 말하지 않으면 죽을 때까지 그대는 모를 일이기도 할 것 같았고. 세상 태어나서 내가 여자란 느낌을 아주 확실하게 지성적으로 느낄 수 있었던 그대의 유혹이 그리 나쁘지 않았단 얘기를 지금 하는 중입니다.

이렇게 추적추적 가을비 내리는 한밤중에 오래도록 조용히 서랍 속에 넣어둔 추억 보따리 하나 열어 놓고 보니 문득 안현미 시인의 「와유臥遊」 한 구절도 떠오르고.

국화는 /가을비를 /이해하고 /가을비는 /지난해 /다녀갔다……

그래요. 마음의 손익계산 그거, 지금 되돌아보니 내게 충분히 고마운 흑임자 씨, 당신이 내게 준 향기로운 선물이었어요.

살아보니 사람과 사람 사이에 주판알 굴리는 것만큼 서글픈 일은 없겠지만 내 인생 다 돌아봐도 결코 손해 볼 일도 없었거니와 나 또한 그 누군가에게 상처 입힐 일은 없었길 바라며 맑은 술 한잔 당신에게도 건넵니다.

정확하게 적확하게

"어머 예쁘네요. 무슨 종이죠?"

"보더콜리에요."

"아, 브로콜리군요, 양들을 잘 몰고 다닌다는⋯⋯."

"네?"

여인이 고개를 갸웃거리며 웃었으나 한결같이 맹한 나는 돌아서서 10미터쯤 걷고서야. 깨달았다. 이런 일이 자주 있는 건 아니지만 결국 또 비슷한 실수를 한다.

"주방 창하고⋯⋯ 어⋯⋯ 음⋯⋯ (아, 단어가 빨리 안 떠오른다) 그래, 일단 빨래터 창문도 마저 닫아라."

우리 집엔 다용도실 대신에 빨래터가 있었나 보다. 한 번도 해 본 적 없는, 아니 가본 적도 없는 동네 처녀 바람 난 우물가도 아니고 왜 '빨래터'란 낱말이 튀어나왔을까? 딸아이는 내 말이 떨어지기도 전에 이미 세탁실 문을 닫고 나오며 빙그레 웃는다. 아마도 자기 엄마가 요즘 단어 선택을 아주 자유롭게 하고 있다는 걸 눈치챈 모양이다.

며칠 전이다. '코타키나발루에 다녀왔다'란 말을 해야 하는 상황이었다. 나는 크로아티아 다녀와서 뭐가 어쩌고, 저쩌고…… 전할 말을 끝냈고 상대는 계속 내 말을 경청하면서도 전혀 눈치채지 못했나 보다. 뒤이어 자리를 뜨려는 순간 아차 싶었다. 뜬금없는 지명이 아무 연결 고리도 없는데 그토록 자연스럽고 엉뚱하게 튀어나왔을까.

"저, 정정합니다, '크로아티아'가 아니고 '코타키나발루'입니다."

곧바로 상대방이 환하게 웃으면서 하는 말에 나는 완전 뒤로 넘어갔다.

"뭐, 대충 알아들으면 되죠. 전 영국 갔을 때 노스North 코리아에서 왔다고 했던걸요. 호호호, 제가 왜 그랬는지는 아직도 미스터리입니다만."

그날 빨래터에 아줌마는 북한에서 온 아줌마에게 완전 KO패였다.

"환자분, 지금 얼마나 아프신가요? 통점이 1부터 10까지라고 생각하시고요, 대략 얼마만큼 아픈가요?"

옆의 환자가 아주 짧고 우아하게 말했다.

"11점."

상황이 좀 심각해서 잠시 모른 척했지만 나도 모르게 웃음이 났다. 물론 자신의 아픔은 주먹구구식으로 대충 말할 일도 아니지 싶다. 뭐든 정확히 할 필요는 있다. 그게 설령 좌표를 넘기는 일이든 턱없이 모자라게 보일지라도 이왕이면 적확하게 표현하는 게 맞다.

다행히 부전여전

"브레끼! 밟아, 밟으라니까."

남편은 급하니까 애들 표현으로 '고급지고 예스러운 발음'으로 언성을 높이고 딸아이는 잔뜩 긴장한 채 목이 자꾸 마른단다. 조수석에서 그런 딸아이에게 물병을 전해 주는 남편의 손길에 사랑이 가득하고 뒷자리에 앉아 눈누날라 커피 마시며 목하 음악을 듣는 나는 짐짓 모른 체다. 딸의 운전 실력은 과연 나를 닮았을까, 아빠를 닮았을까 궁금하다.

얼굴도 성격도 나를 하나도 닮지 않은 딸이 하필 운전 재주만 날 닮는다면 그건 영락없는 재앙이다. 그도 그럴 것이 나는 애당초 운전과는 담을 쌓은 사람처럼 버겁고 힘들어서 가능한 한 차를 멀리하는 편이다.

'딸아, 닮은 김에 다 아빠를 닮거라, 뭐든 아빠 닮은 네 단

점도 용서해 주마.' 내가 속말을 하는 동안에도 부녀는 사뭇
진지하다.

"빠꾸!"

"스톱, 스톱이라니까."

"딸, 좀 더 긴장하라니까!"

남편의 목소리가 높아질수록 유전자의 한결같음과 축복
을 간절히 기도했는데 정말 콩 심은 데 콩 나고 팥 심은 데
팥인 양 놀랍게도 운전 솜씨나 그 습관마저 딱 자기 아빠다.
그렇게 두어 번 연수를 받고 처음으로 아빠랑 고속 도로에
서 장거리 주행을 하는 딸아이, 톨게이트 요금 창구에서 카
드를 내미는데 두 손으로 공손하게 건네려고 벨트까지 풀자
남편이 "아따, 아그야, 시방 거그서 예의를 차리면 쓰것냐?
싸게 주고 가야제"라며 방송 '컬투쇼'의 운전 연수 편에 나왔
던 유명한 조폭 흉내를 낸다.

"아빠, 그래도 연세 든 아주머니이신데 어떻게 그래요?"

"일단 그런 생각은 버려. 운전할 때는, 위험하잖아."

남편의 의미심장한 미소를 뒤로하고 다음 톨게이트 앞
이다.

"한 손, 그렇지."

아빠와 딸아이는 당장이라도 하이파이브를 할 기세다. 좀처럼 시간 내기 힘들었던 딸과 남편과 서해안 쪽에서 바람 쐬고 오는 길이다. 일에만 몰두하는 딸에게 내가 넌지시 한마디 건넸다.

"어이, 아가씨, 워커홀릭 같아. 너무 일에만 빠져서 살지 말고 아까운 청춘, 다 가기 전에 수상 스키든 플라잉 요가든 따로 뭐 좀 해 보는 건 어떨까, 너무 무심하게 사는 거 아닐까?"

역시나 돌아온 대답은 다음 주말부터 또 다른 수강 신청을 했단다. 나야 설명해 줘도 알 수 없는 분야이겠지만, 책임감 강하고 성실한 건 아빠를 닮았고 고집스러울 만큼 요령부득하며 진중한 것 또한 부전여전이다. 저토록 눈부신 청춘이 너무 덧없고 안타까울 만큼 성실함으로 모든 시간을 채우는 것 같아 조금은 아쉽다. 더러 노는 데, 딴청 부리는 곳에 기웃대는 것도 나쁘지 않을 거란 생각이다.

딸아, 물론 일도 열심히 해야겠지만 연애도 취미도 뭐든 제발 다 섞어서 골고루 하길 바란다. 엄마, 아빠는 진짜 네가 '일벌레'보다는 '클럽순이'라도 됐으면 싶단다. 그렇게 적당히 놀 줄도 알고 적당히 진지할 수 있는 건 네가 스스로 네 유전자에 새로 심기를 바라는 마음이란다.

희비극이 공존하는 그곳

"어머님 담배 안 태우시죠?"

뚱한 표정으로 할머님께서 고개를 끄덕이자 유난히 하이톤인 그녀가 말의 반을 뚝 잘라먹는다.

"흠, 그러면 술은?"

"나아? 잘 묵제."

"얼마나요?"

"그걸 우치케, 말로 혀?"

"아니, 그게 아니구여, 일주일에 몇 번이나 드시냐구요."

"츠암나, 손꾸락으로 세고 먹남, 몰러."

"그럼 한, 두어 번 드시나?" '

"나가 암만혀도 그것보다믄 더 묵는 거 카텨."

"그럼 어머니, 한 번에 얼마큼 드셔?"

"하 참말로, 모린당게, 어쩔 땐 딱 한 사발두 들이키구, 긍께 자구 일나믄 골빠지게두 먹능당게."

"아, 네, 그럼 어머니 최근 들어 뭘 자주 잊어버리시거나 생각 안 나고 그런 거 있으세요?"

"암만. 오래 돼았써!"

어쩌고저쩌고……. 그렇게 항목마다 일일이 받아 적던 그녀가 겨우 문진표를 작성해서 자리를 비우자 할머니랑 나는 얼떨결에 눈이 마주쳤다.

"아따, 겁내 마이 물어보네, 나가 하두 물어봐 싸서 귀찮기도 허구, 낯바대기가 있지 남사스러바 쪼께 덜구 말했는디 괜찮을라나 몰러?"

할머님은 내가 묻지도 않았는데 많이 바쁜 아들 내외가 모셔다 놓고 이따 다시 오겠다고 가버렸다는 말씀을 하셨고 이내 머쓱해진 할머님과 나는 서로 친숙한 듯 웃고 말았다.

이십 대 중후반쯤 돼 보이는 커플이다. 남성 갱년기에 관한 광고용 TV 화면을 보다가 청년이 "음모 감소? 헐, 성욕도 감퇴한다네"라고 속삭이자 여자친구인 듯한 아가씨가 "오빠도 조심해"라며 단호한 엄명이다. 아흐흑, 내 귀가 소머즈인 걸까? 안 듣고 자픈디, 얘두라 그러지 말자. 듣는 아짐이 너무 가소롭다.

아주 먼 이야기 같았던 청춘은 이젠 성욕이 아니라 성스러운 건강을 기원하는 중년의 삶이다. 남편의 건강 검진 보호자로 따라나선 종합 검진 센터 안, 꽤 긴 시간이었건만 재미가 쏠쏠하다. 비는 오고 휴게실 창으로 멀리 보이는 산등성이는 낮게 가라앉고, 어쩐지 사는 게 고행이지 싶어 우울했는데 이곳 역시도 개그와 유머와 희비극이 공존하기는 마찬가지인가 보다.

가오와 폼 잡기

PT 시작한 지 얼마 정도 된 남성이 사나흘쯤 된 친구에게 아령 들고 설명해 주다가 내가 지나가자 한껏 격양된 목소리로 "자슥, 몇 번을 얘기해도 몬 알아듣네, 아뇨, 답답해서 내는 니 몬 갈촤 주겠다"라며 혀를 끌끌 찬다.

내가 보기엔 그분보다 지시받는 분의 동작이 더 나았던 것 같다. 가오 잡는 남자의 너스레가 재미있어 그냥 '가오'로 쓴다. 나이 든 남자도 때로 사내이고 싶고 중년의 여자도 아주 가끔 그런 이에게 여자로도 보이나 보다.

나이 들어서 좋은 점은 어떠한 남성들로부터 자기방어를 굳이 하지 않아도 될 것 같고 까칠할 필요 없는 안정적 포지션이 된다는 것이다. 반면 나이 들어서 나쁜 점은 진짜 선하고 괜찮은 남성 앞에서 무한정 작아지는 말간 초라함일 테고. 그래서 뭐 어쩌라고? 이율배반은 어디에서나 공존하는 거라고, 그렇게 맘먹기로 했다.

"못마땅하게 거긴 꼭 커피믹스더라고요, 청담 ○○숍은 바로 로스팅해서 내린 원두커피잖아요."

발가벗고 나면 사실 수다는 원색적이다. 머리 손질과 커피의 질은 무슨 상관관계가 있을까마는, 비싼 헤어숍 다닌다고 자랑삼아 열변을 토하는 아주머니의 말을 스팀 사우나실 안쪽에 앉아서 조용히 듣고 있는 이는 단지 안 펜트하우스에 거주하는 오 여사다. 나와 눈이 마주치자 여유롭게 웃는 그녀의 살집이 달덩이 같다.

남자의 '가오'는 언제나 상대방을 향해 있는 것이고 여자의 '허세'란 결국 자기 위안을 목적으로 하고 있다는 게 내가 짐작하는 진실이다.

죽이 척척 잘 맞는다는 건

이곳은 왜 1인에 한해서 반드시 한 잔일까? 두 잔을 시킨 건 그이의 배려다. 본인은 운전 때문에 마시지도 않을 테고 아내 혼자 마시는 거라지만 겨우 한 잔이라 봐야 양이 얼마 안 될 거라는 뜻이다.

쭈욱 한 잔 마신 뒤 나는 아무 생각이 없었는데 그가 다 마신 나의 잔과 자신의 잔을 슬며시 바꿔 놓고 상 위에 재배치한다. 타인의 시선을 의식했다기보다는 내가 그의 잔에 따라져 있는 동동주를 편하게 마시라는 배려가 담긴⋯⋯. 나는 그런 그가 새삼 멋있고 고맙다. 늘 나 위주로, 나에 대한 살가움 같은 거. 남편이 가장 잘하는 타인에 대한 배려이기도 하고 익숙하면서도 어제나 기분 좋은 젠틀함이다.

각설하고 고기리의 들기름 막국숫집, 이곳에 오길 잘했

다 싶다. 단출한 듯 고품격으로 마무리한 인테리어는 물론 주방 안이 훤히 들여다보이는 위생상의 깔끔함까지도 안심이 됐다. 코로나 여파 때문인지 소문처럼 오래 기다리지 않고 들기름 막국수는 물론 물막국수와 수육을 시켜서 오랜만에 가뿐한 식사를 했다.

우리 부부는 여러 가지로 서로 다른 성향인데 음식에 관해서 만큼은 호흡이 척척 맞는다. 굳이 맛집 안 찾아다니고 줄 서서 뭘 기다려 안 먹고 쉽게 말해서 먹는 걸 그다지 안 좋아하는 편이다. 심지어 하루 캡슐 한 알로 필요한 열량이 채워진다면 먹고 마시는 에너지를 다른 곳에 쓸 수 있을 거란 심한 케이스다.

고작해야 끼니를 때우는 정도이다. 그 끼니마저도 잘 거르지만. 먹는 즐거움을 모르는 걸 수도 있겠고 굳이 식도락이나 미식가가 아니어도 될 만큼 먹는 일에는 밍숭밍숭한 부부다. 여행지에 가서도 맛집 찾아다니는 수고로움을 아무도 가보지 않을 법한 곳들을 찾아다니며 유레카를 외치는 즐거움으로 대신하고, 뷰를 즐기기 위해 추가 금액을 아까워하지 않는 것까지도 의기투합하니 그 또한 다행이다.

어디를 가서 무얼 먹고 마시는 거보다 누구와 어떻게 잘 어울리는가가 더 소중한 걸 깨닫게 하는, 배우자와 취향이 크게 어긋나지 않고 잘 맞아떨어지는 소소한 이 행복이 오래도록 머물길 바랄 뿐이다.

Part 4

마음이 닿는 자리

암밍아웃

낮 1시쯤 도착해서 입원 절차를 마치고 나니 거의 2시다.

병원은 예전보다 조금 한산해진 느낌이 들었을 뿐 모든 시스템이 정상인 것처럼 일사불란하게 잘 돌아가는 것 같다. (지극히 내 개인적인 생각이지만 코로나에 관한 기사와는 조금 다른 양상이다)

이런저런 검사 후에 4시쯤 예정된 흉부 CT 촬영과 야간 12시에 수면 마취 후 척추 MRI를 위해서 일체의 금식이란다. 종일 겨우 한술 뜬 게 전부이기도 하지만 이틀 동안 위경련이 있어서 밤낮으로 고생해서인지 눈은 십 리쯤 들어가고 탈진 중인데도 생각 회로는 끊임없이 돌고 돈다.

사람 참 안 바뀐다.

일 년도 넘게 이러고 있는데도 2인실 창가를, 운 좋을 때는 VIP실인 양 혼자 사용하는 게 야행성 일상에 큰 도움이 돼서 감사하기도 하니까 말이다.

게다가 오늘처럼 눈이 감겨 실없이 또 잠들면 친절하게 드나들며 체크 해 주는 간호사님들 덕분에 깨다 졸다 자다가 결국 이 한밤중에 주스를 마셔야 한다기에 아예 일어나 창가로 앉았다.

분명 어제 넓은 창가 오른쪽에 둥실 떠오른 달은 왼쪽 3분의 2쯤으로 이사 와 있고 나부끼는 산 그림자들이 어둠 속에서 나를 보고 빙긋 웃는 것 같다.

낮에 90이던 혈당이 70도 안 된다니 뭐라도 먹으라고 해서 주스가 다행히 있다고 하니 마셔두란다. 어쩌다 보니 한밤중에 옹달샘 다녀오는 토끼처럼 머쓱해진다.

오늘은 다 잔 거 같다.

그동안 2인실을 사용하면서 2주에 한 번씩 파트너가 바뀌었던 소중한 추억도 떠오르고 4기 '아만자(요즘은 암 환자를 '아만자'로 부르더라)'의 강력한 근성을 가지고 매우 다양하게 내 집처럼 드나들며 숨차게 견뎌온 시간이다.

야행성인 나는 오전 일찍부터 병원의 시스템대로 움직이려면 새벽에도 아침형 인간으로 탈바꿈하거나 시늉이라도 해야 해서 잠시 뒤부터는 분주할 예정이다.

두경부 MRI 외에는 모두 체크 차원인 검사이지만 대부분 '안심'이라고 들었기에 조금은 위로가 되는 이른 새벽이다.

아만자는 암밍아웃(암 환자임을 공표하는 일)을 하는 경우와 하지 않는 경우로 나뉜단다. 나는 길가에서 우연히 안 아픈 쪽과 아픈 쪽이 싸우는 걸 봤는데 심하게 아픈 아만자에게 멀쩡한 일반인이 '저런 독한 년이니까 염병도 아니고 암 걸려서 내일모레 한다'고 패악을 떠는 걸 보면서 누가 잘못을 했는가에 초점이 있던 것도 아니지만 트라우마가 생겼다. 막연히 아픈 걸 약점 삼아 막말하는 그 거친 여성의 목소리가 자꾸 서럽게 거슬려서 침묵하기로 했었다.

내가 암인 걸 아는 건 친한 친구들과 아주 가까운 지인분들 외엔 없다. 바쁘단 명분으로 잘 버텨왔는데 투병 시간이 길어지다 보니 한계도 오고 막상 공연이나 전시나 모임에 나타날 수 없게 되자 뜻밖의 오해도 생기고, 위에 언급한 막말의 대상자에게나 들을 만한 독한 욕설쯤은 들어야 할 행실을 한 적도, 이유도 없는 것 같고, 설령 듣는다고 해도 그깟 것쯤이야 내성이 생길 것도 같다.

수십 번이나 아파 쓰러졌던 나지만, 요즘 가장 큰 고민은

페이스북에 글을 쓰는 일이다. 허구의 소설도 아닌, 일상의 진솔한 생각을 기록하고 싶은데, 자꾸만 진정성 없는 글들만 늘어놓게 된다. 나 자신을 숨기거나 의미 없는 말들을 중얼거리는 것처럼 느껴질 뿐이다.

이제는 좀 근황다운 근황이든 나다운 나를 보여주는 거로 산뜻해지자고 다짐하는 새벽이다. (하 참, 쓰다 보니 먼동이 튼다. 하하하)

열과 혈압 체크하느라 계속 드나드는 나이트 담당 선생님이 나더러 한마디 건네며 다정하게 웃는다.

"뭘, 그렇게 열심히 쓰세요? 어서 주무세요. 오늘도 일정은 빡셉니다요."

그러고 보니 아픈 뒤로는 시간이 가장 빠르게 가는 건 '페이스북'을 들여다보는 일이다. 그나마 온라인상 수다라도 떠는 귀한 사교의 장이기 때문에 허튼소리는 금물이다.

그곳은 많은 멋진 분들이 계시니 행운이며 이 또한 나의 귀한 복이다. 그마저도 통증이 오면 들여다볼 수도 없지만 말이다.

아만자 1기가 아니고 4기로서 많이 아픈 환자이니 특별하게 상대해 주라는 엄살이 아니라, 있는 그대로 받아들여

주는 사회적 일원이 되길 바라는 마음에서 '암밍아웃'은 어쨌든 가뿐하게 잘한 일이라고 믿는다.

눈물겨운 냉면

청양고추를 고추장에 쿡 찍어서 가볍게 먹을 정도로 매운맛에 잘 길들어진 나.

식탐도 없고 소식이라서 굳이 맛있는 집 찾아다닐 요량도 없는 내가 유일하게 잘 먹는 건 '낙지볶음' 같은 매운맛 정도인데 투병 중 그런 걸 먹을 수 없다는 게 다소 서글펐다.

항암 부작용으로 극심한 구내염과 구강 작열감으로 고통받을 때 거의 식음을 전폐했고 영양공급은 미음이나 영양제 수액을 통해 받을 수밖에 없는 어마무시한 경험이 지나간 지 얼마 안 된 이 시점에도 여전히 먹는 일은 너무 힘겹다.

그 어떤 산해진미도 맛이 없을뿐더러 아예 먹을 수 없는 음식이 많아졌다.

백화점 식당가의 다양한 먹을거리들을 보면서 문득 딸

아이를 임신했을 때 열 달 내내 주로 먹었던 매콤한 냉면이 먹고 싶었다.

(그 시절엔 입덧 때문에 밥은 안 넘어가도 다양한 면 종류, 주로 비빔냉면으로 끼니를 해결했다. 불편하지 않은 젊디젊은 건강함이 뒷받침됐을 터)

주말인 어제, 가장 컨디션이 성한 날이어서 너무 다행이었다. 모녀가 모처럼 현대백화점에 가기로 한 약속을 지키기에 더없이 개운한 상태로 딸아이의 옆 조수석에 앉아 콧노래와 함께 신바람이다. 게다가 취향 저격하기 딱 좋은 동선으로 체력을 아끼며 꼭 쓰고 싶었던 스타일의 벙거지와 데미지 디테일이 제대로 된 셔츠를 골랐다.

얼마 만에 쇼핑인지, 거의 일 년 만의 내 발걸음으로 호사를 누려 본달까. 옷이며 식사와 디저트까지도 모두 딸이 사줬다는, 유치하지만 이런 소소한 자랑밖에 더는 할 것도 없으니 어쩌랴. 내 삶의 반경이, 폭이 너무 좁아지고 나니까 드는 생각이다.

많이 아프다는 건 일상이 단조로워지고 당연한 게 특별해진다는 거다.

그런데 오늘만큼은 진짜 자랑하고 싶은 게 하나 있다.

너무 버거운 라면이나 냉면조차도 먹을 수 없었지만 호

기롭게 '비냉'을 시켰다.

배려 깊은 딸아이는 얼른 '물냉'을 시키며 만에 하나 못 먹을 것 같으면 자기 거와 바꿔 먹자는 단서를 둔다. 모녀가 마주 앉아 조심스럽게 서로 한 입씩 시식처럼 먹어보는 거로.

하아!

입맛에 딱 맞는 이 매운맛이라니, 외식하며 먹는 짠맛이야 그렇다 치고 견딜 만했다.

딸아이는 엄마의 입맛에 너무 매우면 본인이랑 바꾸자며 '물냉'을 조심스럽게 내 앞으로 가져다 놓았지만 결국 난 내 앞의 맵디매운 비빔냉면을 거의 다 먹었다.

원래도 음식 그릇을 말끔히 비우는 일은 없었던 소식주의지만 거의 1년 반 만에 먹어보는 이런 매운 음식이라니…….

성공적인 비빔냉면 한 끼가 나로서는 매우 강렬한 유혹이자 미션임이 틀림없었고 딸의 기우와 다르게 산뜻하게 해치운 셈이다.

누군가에게는 아무렇지도 않은 일상이 내게는 이토록 벼르고 별러서야 겨우 할 수 있다는 게 즐거울 수는 없지만 감사한 일이 돼 가고 있다.

다음 주 항암 스케줄은 그래서 더 가뿐해질 것 같다. 부종이 심해 눈두덩이가 '차우차우'처럼 찌그러졌는데도 난 그렇게 개구쟁이처럼 딸을 앞세워 또 다른 날라리 맘으로 광대승천하며 맘껏 누렸다.

오늘은 매운 비빔냉면 한 그릇 거뜬하게 해치운 날이기도 하고, 그리고 이건 안 비밀인데 자궁내막 조직검사 결과 또 다른 '전이'가 아니란 확진 받은 감사한 날이기도 하다. 사실 5월 내내 지옥 같은 기다림의 연속이었고 일희일비 안 하기로 했으나 너무 감사해서 비밀로 할 수가 없다.

하나님께 무한 감사하며!

그리고 이렇게 동행할 수 있는 수다를 누리며 오늘 일기 끄읕.

연명치료 거부

"유감스럽게도 4기입니다."

뭐, 이렇게 단호히 병기를 설명해 준다거나 심각한 상황이니 일단 잘 치료해 보겠다는 등의 긴말이 필요 없는, 늘 한결같아서 신뢰가 쌓였던 서성일 교수님. 그분과의 라포가 내게 주는 의미는 언제나 옳고 신뢰가 간다.

흉추 3번으로 전이된 신장암, 그래서 난 얼결에 4기라는 걸 알게 됐고 5년 생존율이라 봐야 20%라니 알량한 숫자 개념보다 오직 하나님 뜻에 달렸다고 믿고 낙담은 안 하는 거로 밀어붙였다.

물론 말이 쉽지, 많이 혼란스럽고 가족에게 너무 미안했다. 안 아플 때도 마냥 어리바리하고 날라리 같은 아내이자 엄마였는데 아픈 뒤에는 거의 집 병원, 병원 집이 전부인 일상이었고 나름 내게 남은 시간을 가늠하며 웃어야만 했다.

난 계획대로 남편이 집에 다녀와야 하는 짬을 이용해 '연명치료 거부 상담실'로 찾아갔다.

최종적으로 서류에 사인하자 상담 실장님이 쳐다보며 한마디 거든다. 발병하자마자 혼자 이렇게 바로 찾아오는 환자는 그리 많지 않단다.

자기 발로 걸어가서 연명 거부 의사를 표시하는 사람들도 많겠지만 휠체어를 타고 혼자서 기를 쓰고 온 내가 좀 달리 보였는지 그녀와 사담까지 나누게 됐다.

그러고 보니 40대 중반쯤 장기기증과 시신 기증을 함께 하기로 했는데 가족 동의, 반대에 부딪혀 시신 기증은 누락됐고 장기기증은 유효했다. 그런데 상담자 말로는 이제 장기기증도 나의 암 치료로 인해 무효가 됐단다.

어쩔 수 없는 일이라도 섭섭했으나 연명 거부 동의서나마 마무리 짓고 나니 기꺼운 마음으로 병실로 오면서도 이런 내가 사실은 비겁하지 않아서 예쁘다며 자의적인 위안을 애써 하며 웃었다.

내친김에 사후의 일도 잘 정리해 두는 게 좋을 듯해서 유서라든가 경제적 감당할 수 있는 거라든가 미리미리 체크하며 기록하고 있다.

그중에는 장례식 때(이마저도 큰 의미가 없을 테지만) '무빈소 장례'를 치르게 해달라고 할 생각이다.

언젠가 코로나 시절, 사연 많은 친구의 무빈소 장례에 참석할 상황에서 보니 너무 깔끔하고 오히려 의미 있어 보였다. (추모 공원까지 동행한 지인으로서 지켜본 결과지만) 그래서 난 반드시 그렇게 해달라고 부탁할 작정이다.

사람과 사람 사이의 관계에 따른 알림과 그에 따른 절차를 밟아 고인에 대한 애도를 해왔던 정상적인 장례식을 부인하거나 나쁘단 뜻이 아니라 훗날 나를 기억하는 사람들로 인해 내 마음에 빚을 지고 싶지 않은 뜻이 담긴 산뜻한 나만의 기준일 따름이다.

(굳이 내 생각이 옳다거나 일반적인 장례 절차에 관한 논쟁은 하고 싶지 않다)

오래 살고 싶다.

오래 살 거다.

그런데 왜 삶을 조금씩 정리한다고 생각하니 절차가 이렇게 많은 건지 사실 그게 더 골치가 아프다.

나의 십 년도 더 된 작품 중에 '염장이 유 씨&묘비명'인 액자 속의 문장들이 그래서 더 애틋하고 가슴에 와 닿는 것일까. 액자 속 작품 안에는 고인이 되신 마광수 교수님께서 얹어주신 그림이 있어서 자칭타칭 딴에는 애장품이기도 하다.

'묘비명'이란 음악을 들으며 내 사후의 비문을 적어본다.

1. 벗어두려고 했던 옷을 늘 껴입은 채 살았다. 이제 진심으로 벗어나려나.
2. 무엇처럼 보다는 무엇답게 살려고 했나 보다. 이렇게 누워 있으려니.

캬아!
누가 썼는지 묘비에 쓰일 문장 또한 대단하다. 히잇!

'연명치료 거부권'을 행사하려고 만든 카드를 보며 나를 원망하듯 끝까지 안 울고 입술만 삐죽 내밀던 딸과 남편의 애써 무표정한 모습이 떠오른다.

사랑하는 가족을 위해 혹은 나의 부재중임을 단 한 번이라도 기억해 줄 지인과 친구들에게 사실은 엄살 좀 떠는 거다.

난 오직 성실하고 기운찬 환자로서 징징거리지 않기로 지금도 마음, 다잡고 있는 중이다.

'샤덴 프로이데'도 아닐 바에 그냥 이런 한 맺히고 아픈 글에는 이상한 여자라고 손가락질만 안 해도 다행이겠다.

진민, 너의 의지대로 남은 생, 멋지게 무엇보다 투지를 다한 치병으로 마무리 잘하자.

인라이타

이토록 작고 조그마한 약의 위엄이라니.

엄밀히 말하면 한 사람의 모든 신경과 신체를 태산이 뒤흔들리는 듯 바꿔 놓는 그 위력이 놀라울 따름이다. (단 하나, 암세포를 없애는 것 말고는 엄청난 부작용이 따른다)

다행인 건 전이됐던 부위의 암세포가 거의 '관해'됐다는 거고 슬픈 일은 완치 개념이 존재하지 않는 4기라 항암치료는 종료되지 않는다는 점이다.

딴에는 저 녀석의, 이름이 문제다. 내가 현재 복용하고 있는 표적항암제는 '인라이타'라고 한다. 난 요즘 숱한 약을 먹다 보니 이런저런 어려운 영문의 약제 이름을 다 외우고 정확히 발음하고 있다.

"딸아, 인스타 좀 주렴."

"아차, 인스타 안 먹었네?"

"이번 주 인스타 처방은……."

오 마이 갓!

나는 '인라이트'를 '인스타'라고 곧잘 부른다. 고의도 아
니고 자연스럽게 반복되는 실수다.

그렇다고 인스타를 자주 하는 편도 아니고 페북 하나도
버거운 처지라 인스타에 매달릴 기운도 없는데 뜬금없이 왜
'인스타'로 자꾸 부르는 걸까.

에잇! 나도 모르겠다.

'인스타'든 '인라이타'든 내게 기적이고 내게 은혜로운 약
이길 바라며 죽기 살기로 먹는다.

비가 와서 마음이 뒤숭숭한데도, 기가 막히게 예쁜 장화
사 놓고도 나는 오늘 아무 데도 가지 못한다.

나서기만 해도 설렘 가득한 공항에는 또 언제쯤이나 가
보려나.

'인스타' 먹고. 아니지, 아니 '인라이타' 먹고 빨리 나아야

지! 너의 이름이 무엇이든가 난 너로 인해 얼른 일어나서 뛰고 싶단다. 얘야!

마지막 쏘맥

양재 사거리는 생각보다 정체되지 않았고 빗방울만 세차게 차창을 때린다.

특별하게 듣고 싶은 곡이 있어서가 아니라 내 방식대로 (빵빵 때려주는 거칠고 둔탁한 전주가 필요한 그런 곡들을) 모아 놓은 플레이리스트를 틀었다. 물론 남편은 거의 안 듣는 곡들이라 개의치 않았으나 그도 짐짓 듣고 있는 것도 같았다.

음주 운전에 민감한 그가 차를 집으로 가져다 놓고 와야해서 나만 잠시 식당 정원에 앉아 있다 보니 오늘 메뉴를 좀 바꾸고 싶어진다. 여긴 고급 한우 식당이다. 소주는 원래 삼겹살에 꾸버가 먹어야 제맛이라던데…….

나는 소주 마실 때 지글지글 번거롭게 굽는 음식보다 산뜻한 회 종류나 단순한 안주를 선호하는 편이긴 하지만 오늘 까짓것 안 하던 술상인데 그렇게 해 보는 거로 작정하고 주문했다.

'참이슬 빨간 거'로 한 병, 차디찬 '테라' 두 병을 주문해 놓고, 일단 완벽한 배합으로 소맥을 제조했다. 원래도 남편은 나를 존중해 주며 내가 뭘 하든 별로 개의치 않는 사람이었지만 젓가락까지 하나 술잔 깊숙하게 넣어 탁탁 치며 휘이휘이 저어서 거품이 그럴듯하게 많이 채워진 첫 잔을 그에게 내밀자 어이없어하며 웃었다. 나의 잔을 뒤이어 가득 채운 뒤 큰소리로 건배를 외쳤다.

"건배."
"오늘 민이가 마시는 술과 오늘의 빗방울을 위하여!"

평소에 안주보다 술을 음미하는 쪽이라서 거한 안주가 별로였으나 크게 한입 싸서 입에 넣어 주는 그의 상추쌈을 기꺼이 받아먹었다. 알싸한 첫 잔이 식도를 타고 위 속으로 내려앉는 느낌, 그리고 충만해지는 뭔가의 안도감 같은 것과 끝을 알 수 없는 공포가 한꺼번에 밀려왔다.

비 오는 날, 우울한 마음을 달래려 소주와 맥주를 섞은 '쏘맥'을 마셨다. 예견된 결말을 받아들이듯, 마지막 의식을 치르듯 잔을 비웠다. 연거푸 두 잔을 원샷하고 나니 띵 하게 술기운은 돌고 드디어 신파가 앞당겨졌다.

"언제 또 마셔보려나, 그치? 나 저 건, 다 마셔도 되지?"

이미 상 위의 술병은 거의 다 비워져 가고 있었다. 그는 소맥 한잔을 겨우 마시고는 계속 내게 안주를 먹여 주려고 애쓰며 얼굴이 붉어졌다.

"크아! 술맛, 죅이네."

내가 오버액션을 취하며 급히 한잔을 더 마시자 그가 조심스럽게 한마디 거들었다.

"더 시켜도 되니까 천천히 마시자, 체할라."

분명히 그는 '취할라'가 아니라 '체할라'라고 강조했다. 기필코 오늘은 아무도 안 취할 거니까! 그냥 슬퍼서 울 거 같으니까, 체할 거라고 마음만이라도 바꿨다. 오늘은 담당 교수로부터 넌 신장암이 원발인 '뼈 전이'이며 향후 항암 스케줄을 잡아야 한다는 암 4기 환자임을 통보받은 날이었다.

병원을 나오면서 내가 말했다.

"나, 오늘 코 삐뚤어지게 먹을 거야. 괜찮지? 어차피 이제 못 마실 테니까!"

그가 어깨를 감싸 안으며 대답했다.

"오케이! 그러자."

애써 담담해진 나와 얼이 빠진 그와 우리 두 사람이 라스트로 쏘맥 파티를 치른 날이 벌써 일 년, 하고도 반이 지난 요즈음이다.

7월 들어 지루한 병상 생활에 많이 지쳤나 보다. 처음으로 술 한잔 떠올려본다. 일전에 만나기로 했던 K 선생과의 약속은 컨디션 난조로 불발됐고 난 그 만남에서 내심 소주 한 잔쯤은 객기라도 부리며 마셔볼까 했다.

아주 잠시나마 내가 지친 까닭을 핑계 삼아 헹궈내고 싶

었던 입맛과 수족증후군까지도. 이게 다 손끝, 발끝이 부서
져라, 물집이 잡혀서 쓰라리고 아파서 한여름에도 피부 보
호 장갑과 온열기를 끌어안고 있는 답답함이다.

인내심이 바닥나는 순간 지난날 나의 유일한 사치였던
네일아트한 사진을 보며 그 현란함에 잠시 위안받는다. 맨
손톱이 예쁘지도 않은 채 길다. 냉큼 깎자. 하릴없이 길어진
머리카락도 좀 잘라야겠다.

이제 무엇으로 사치를 부려볼까나? 원래도 잘 안 하는
짓이지만 술도 아니고 명품백도 화장도 아닌데…… 마음
에 사치도 맘대로 못 부리니까 심통이 생겨나서 잠시 눈을
감는다. 언젠가 남편과 인천에서 분위기 있게 마셨던 '개항
로'란 맥주 맛도 괜찮았었지, 아마도…….

투병 중 호사다마

투병 중에도 '호사다마'는 있구나. 하하.

강바람에 신선놀음하고 난 후 잘 지낼 줄 알았는데 도통 먹지도 못하고 급기야 응급 상황으로 실려 2차 병원행. 송 파의 염창환 교수님께 가려고 보니 거리도 멀고 급한 김에 아이와 남편 직장이 가까운 선정릉 근처 '모두가 행복한 연 세병원'으로 오게 됐다.

목숨 줄 잡느라 첫날은 오락가락하다가 이후 이렇게 핸 드폰을 사용해 메모도 할 수 있게 돼 두리번거려 본다. 세상 에 강남 한복판에 대학병원 말고 이런 병상이 있다는 것도 놀랍고 더 퍼펙트한 건 옥상 황톳길이라니, 규모는 적지만 족욕기로 마무리도 할 수 있단다.

문제는 나의 팔과 손목에 도무지 혈관이 안 잡혀 발목에 꽂은 주사 집합체가 걸림돌이다. 어쨌든 나는 오늘 계 탄 건 맞나 보다.

위험 수치의 저혈당에서 안정권으로 들어오니 무료하고 지친다. 탈진과 탈수를 떠나 살만해지니 급 슬픔이 몰려왔고 그 어떤 것보다도 급! 외롭다.

인간이 얼마나 간사한 동물인지, 숨을 제대로 쉬게 되면서 또 다른 니즈를 곧바로 생성시킴으로써 깨닫게 되는 우매함이라니, 너를 어쩌면 좋으랴?

금쪽같은 새끼도 기둥 같은 남편도 모를 나만의 공포에서 떠다니던 존재적 실체감에서 오는 이 커다란 외로움은 통증처럼 다스릴 길이 없다.

근데 비가 오쟈나, 쟈나.

이 얼마나 멋진 해갈이냐고.

옆에는 부산에서 온 모녀와 충청도 어디쯤에서 온 환자인 아주머니가 수다 삼매경이다.

그녀의 딸인 이제 서른 갓 넘긴 예쁜 처자가 부디 완치할 수 있길 조용히 빌어본다.

나이가 많이 어린, 혹은 아직 젊디젊은 환우들을 보면 가

숨이 미어진다.

그런즉 나보다 조금 나이 드신 충청도 아지매도 나도 이제 좀 나아서 뛰어보자, 쫌!

에어컨이 너무 쌩쌩해서 고마 추워서 난 병실로 내려간다.

두통 때문에 잠시 내려놓았던 블루투스에선 게오르그 잠피르Gheorghe Zamfir의 팬 플룻 연주 〈La Pluie d'été〉가 나직하게, 토닥토닥 내 모자란 심신을 위로해 준다.

가만,

우중에 예쁜 우산 받쳐 들고 거닐다가 어느 낯선 카페에서 커피 한잔 여유롭게 마실 수 있는 그대, 혹은 여러분들은 얼마나 축복인지 물론 다들 아실 거라 믿으며!

체인징 파트너

　아무리 편해 봐야 입원실 환경이란 게 밤새 푹 잘 수 없는 상황이지만 그날따라 몸도 덜 아팠고 2인실이었지만 병실을 단독으로 사용해서 숙면 중이었는데 새벽 두 시쯤인가 병실 문이 열리며 우당탕, 쿵탕 뜻밖의 새로운 환우가 입실한다.

　"에구, 늙으면 죽어야 하는디, 새벽에 이게 뭐 하는 짓이야…… 어쩌고저쩌고…… ."
　연세 많으신 할머님께서 "죽어야 혀, 죽어야 혀"라는 말씀을 반복하시더니 얼마 안 가 바로 코를 골며 주무시는 거다.
　애초에 무슨 사연인지 보호자도 없이 들어오신 분이라 난 돌아누운 채 그 밤을 하얗게 새웠다.

빠아아앙!

쁘아아앙!

그렇게 할머니는 따발총 위력이 그 정도였을까 싶은 방귀 소리와 코 고는 소리로 저분이 진짜 환자분 맞나 싶게 의문스러웠지만 위급한 심장질환 쇼크로 응급실에서 처치 받은 후에 입원하신 거란다.

다음날, 아침 식사를 거뜬히 다 비우신 할머님은 뒤늦게 나타난 아들에게 왜 늦게 온 거냐며 화를 내시더니 이내 또 속이 비었다며 뭔가 먹을거리를 사 오라며 지청구다.

분명 한밤중에는 죽어야겠다고 여러 차례 소리를 지르신 분인데 아무래도 마음이 바뀌신 건가 보다. 확실하게. 히힛.

2인실은 입원 내내 치료받는 과정에서 같은 병실을 둘만 (보호자, 포함, 4인일 수도) 사용하기 때문에 환우인 파트너가 누구인지도 꽤 중요해진다.

6인실의 혼잡스러움도 싫지만 1인실은 나름 비용도 꽤 비싸기도 하고 혼자인 것도 무섭고 어쩐지 외로울 것 같다. 아픈 것도 두렵지만 환자가 되고 보니 곁에 있어 주는 보호자와 상관없이 근원적인 외로움이 갈수록 깊어진달까.

그렇게 나는 항암을 위해 2주에 한 번씩 파트너가 바뀌는 병실에서의 잠자리를 맞이해야 했고 그때마다 어쩌면 그렇게 무궁한 글감이려니 싶게 다채로운 동반 환우들의 스토리가 쏟아지는지, 아픈 와중에도 슬그머니 이번 주, 내 룸메이트는 또 어떤 분일지가 심지어 궁금해질 지경이다.

어느 날, 두상을 시원하게 쉐이빙한 아주 젊은 여성과 또래의 (보호자를 자처한) 여성이 아이스크림을 먹다가 병실을 들어서는 날 보며 "이거 하나 드실래요?"라더니 '메로나' 하나를 건네준다.

당황한 내가 미처 거절할 사이도 없이 아이스크림을 건네받아 일단 냉장고 안에 밀어 놓고 환자복부터 갈아입었다.

항암 링거줄을 달고 누워 있는 나와는 다르게 옆 침상에 두 여인은 뭐가 그리 재미있는지 웃기도 하고 과자를 집어 먹기도 하고 마냥 즐거운 눈치라 잠시 어리둥절하던 참이었다.

"우정화 씨, 잠시 후 10시부터 금식입니다. 내일, 첫 수술이고요. 이후 바로 중환자실에서 경과 본 뒤에 회복실로 어쩌구저쩌구⋯⋯."

간호사의 긴 설명과 주의 사항을 듣고 나서 내일 아침에

다시 오겠다고 그녀의 친구가 병실을 나가고 그녀는 잠이
안 온다며 내게 말을 걸기 시작한다.

조실부모하고 혼자가 된 그녀의 나이는 이제 겨우 33세
이며 고아나 다름없다 보니 좀 전에 봤던 절친이 자신을 돌
봐 주고 있다는 거다.

고아!

그렇네. 성인이 되고 나면 어차피 누구나 부모 없이 결
국 성인 고아가 되는 건 절차다. 나처럼 기혼 여성일 경우
나의 배우자나 자식이 가족이란 이름으로 함께 있지 않고서
야. 나는 갑자기 울컥 가슴이 뜨거워지고 목이 메며 엉엉 울
고 싶어졌지만 애써 웃으며 그녀를 향해 토닥토닥 위안의
말을 건넸다.

"에게, 아줌마, 방금 울려고 그러셨죠? 안 그래도 돼요.
전요 하나도 안 슬퍼요. 정말이에요. 후후, 뭐 어차피 죽기
아니면 살기죠. 아줌마도 얼른 기운 차리시고 나으세요."

그래서였을까? 좀 전에 봤던 그녀의 덩치가 의외로 꽤
크다는 느낌이 들었고 발성도 아주 좋은 덤덤한 그의 목소

리에 나마저도 오히려 위로된다. 누가 누굴 위로하자는 건지 원…….

　매끈하게 밀어 놓은 스님 같은 그녀의 두상이 깎아 놓은 밤톨처럼 예쁘다고 했더니 슬며시 웃는다. 내일 첫 수술을 위해서라도 한사코 빨리 자라는데도 결국 올빼미다운 두 환자의 작당으로 밤을 거의 새운 우리는 그렇게 파이팅을 외치며 헤어졌다.

　다음 날, 1박 2일의 항암 스케줄이라 나는 그녀가 회복실로 옮겼다는 이야기만 듣고 퇴원해야 했다.

　33세 그녀의 이름은 정화란다.

　헤어질 때 나눈 전화번호로 정화가 소식을 전해왔다. 유방암 2기 진단을 받았지만, 림프선으로의 전이가 경미하여 수술 예후가 좋다고 했다. 항암치료만 잘 받으면 완치도 기대할 수 있다며 걱정하지 말라고 오히려 나를 안심시켰다.

　'머리카락이 한동안 자라지 않을 테니 예쁜 가발과 비니를 사야겠다'는 그녀의 말에, 나는 친근하게 '이모, 이모'라 부르며 다가오는 그녀를 위해 MZ세대다운 멋진 비니를 선물하기로 마음먹었다.

'아만자'가 되고 나서 가장 절실하게 드는 생각 하나가
있다.

목숨은 누구나 하나지만 나이 어린 환우가 나이 많은 환
우보다 더 절절하게 기도가 깊어질 수밖에 없음에야.

물론 나도 나이 든 축이어서 행여 오해가 없었으면 한
다. 80세이든 90세든 암이나 노환으로 세상과 이별하는 걸
호상이라고 감히 말할 수 없지만 반짝이는 해맑은 어린아이
의 작별에는 더더욱 가슴 아픈 걸 어쩌랴 싶은 마음뿐이다.

그동안 나와 함께 같은 방에서 밤을 보낸 수많은 환우의
치병과 투병을 위해 진심으로 기도한다.

가뿐하게 이겨내자고!

그리고 무엇보다 환하게 탈출하자고 병실이란, 병원이
란 그곳으로부터!

모범적인 아만자

2014년 7월 29일 날짜조차도 잊을 수 없는 그 날, 건강센터의 협력 덕분에 바로 당일 삼성병원의 비뇨기과 교수를 만났던 날이다.

그분께선 '넌 매우 럭키한 경우다, 당장 수술하면 별문제 없을 테니 일정 잡자'라고 했고 일사천리로 그 해, 10월 5일 개복수술로 예약한 후 집으로 왔다.

모든 게 꿈같았지만 '신장암'이란 현실을 받아들이는 데 큰 문제는 없었다. 암 자체를 의심하며 받아들이지 못하는 거부 단계나 흔히 말하는 암의 심리적 5단계를(부정, 분노, 타협, 우울, 수용) 거치지 않고 곧바로 인지하고 정신 차려 보기로 했다.

하지만 우측, 하단의 3~4센티의 신장암이라는데 복강경도 아니고 개복까지 할 필요가 있었을까 싶은 의문과 동시에 신장암 수술에 관한 폭풍 검색을 해봤다. 인터넷은 잘못된 정보도 많은 곳이고 게다가 나처럼 의학적 지식이 전혀 없는 사람이 속단해서 결정할 문제는 결코 아니란 전제다.

분명한 건 개복과 복강경 그리고 로봇을 이용한 첨단 수술도 이미 확고하게 자리잡힌 이상 수술 예후나 비용 문제, 등등을 서치해 보니 나의 병변의 크기나 위치상 로봇 수술도 가능할 거란 희망이 생겼다.

나는 다시 병원의 수술 상담 김 간호사님에게 면담 요청후 정보 공유로 알게 된 로봇 수술의 명의이신 서성일 교수님께 외래상담을 원했고 수술 날짜가 다소 지연되긴 했으나같은 해, 11월 6일, 로봇 수술로 신장 부분절제술을 받기로했다.

나중에 알고 보니 처음 배정된 교수님은 개복수술의 대가이신 교수님이었고(당신의 입장이 충분히 이해는 됐으나) 내가일말의 의구심도 없이 순응하듯 크게 염두에 두지 않고 따랐더라면 어땠을까 싶은 아찔함도 있었다.

실제로 난 수술 예후도 매우 좋았고 크게 문제 될 거 없는 완치 개념의 5년을 중간 검사차 매번 적기에 빠짐없이 엄밀하게 검사해 가며 무사히 졸업할 수 있었다.

이후 만 9년의 햇수를 채웠는데 2023년 1월 27일, 10년 가까이 다니던 나래검진센터의 이진영 원장님으로부터 저선량 CT상으로 흉추 3번에 혹이 보인다는 소견을 받았다.

건강검진센터 '나래'의 원장님은 오래도록 주치의 개념으로 알고 지낸 분이어서 그랬는지 매우 조심스럽게 진료 시간 이후 다시 보자고 하시더니 '속단하지 말자'라며 애써 조심스럽게 위로하며 상급병원으로 연결해 주었다.

끔찍하게도 안타깝게도 내가 '뼈 전이'란 확정을 받게 된 상황에서 지금 이 글을 쓰는 순간까지 암 전이 환자로서 4기가 된 지도 1년 반이 된 셈이다.

금관을 쓴 것도 아닌데 뭘 이렇게 장황한 기술을 할까마는 강조하고 싶은 포인트가 있다.

보통 암 환우들은 본인의 암 확진과 병기를 믿을 수 없어 닥터 쇼핑이나 전원을 하기도 하고 나름 크로스체크도 하고 각 방향으로 많은 공을 들이기도 한다.

나 역시 스스로 다시 캐묻지 않았다면 좀 더 수고스럽고 크게 흉터가 남는 확장 범위를 넓힌 개복수술을 했거나 일상에서 기본만 설정된 검진만 했더라면 (발견 당시, 저선량 CT도 혹시나 하는 마음에 개인적으로 요청했던 거라서) 전이 상태를 놓쳤음이 분명하다는 거다.

누가 시키지 않아도 스스로 본인의 취약점을 상기하고 반드시 더 섬세하게 검진 방향을 점검하며 검사할 수 있었던 것에 무한 감사함을 느낀다.

어차피 발병하고 치병이나 완치나 이 모든 과정이 나의 의지와 상관없는 일이지만 나는 기꺼이 체념하지 않고 모범적인 투병을 해야 한다고 생각한다. 스스로 최선을 다하며 하나님께 기도하고 믿음으로 극복하는 거다.

가만히 손 놓고 앉아 병원에서 제시하는 매뉴얼대로 한다고 해서 반드시 모범 답안일 거란 법은 없다.

의사와 환자의 든든한 라포 형성과 주치의에 대한 굳건한 믿음이 바탕이 되는 건 맞지만 환자인 본인이 좀 더 명확하게 자신의 상태를 제시하고 뭔가 돌발적인 상황이 왔을 때는 담당하고 있는 의료진들과 면밀한 상호 소통이 이뤄져야 하는 게 맞다.

항암을 하는 동안 이런저런 이벤트가 많았다. 세상에 태어나 전혀 겪어 보지도 못한 엄청난 통증으로 고통받으면서도 어떡하든 살아내고자 이 악물고 버텼던 시간이다.

가능한 한 진통제를 마약성이 아닌 일반적인 약으로 해결해 보고자 노력하는 과정에서 실제로 내게 잘 맞는 진통제는 '세타마돌'이었고 패치로 된 진통제의 반응이 너무 힘들어서 꾀를 내기도 하고 숱한 시행착오도 있었다.

물론 이런 과정에서 언제나 변함없이 따뜻하고 온화한 눈빛으로 환자인 내 말에 귀 기울여 주시며 치료해 주는 서성일 교수님의 지침이 있었기 때문임을 잊지 않는다.

내가 종양내과로 항암 스케줄을 굳이 바꾸지 않은 까닭이기도 하다. 처음부터 신뢰하고 의지했던 원발암인 신장을 수술해준 비뇨기과의 항암치료도 잘 맞춰 갈 수 있을 거란 나름의 선택지를 만들었기에 가능한 일들이다.

대학병원이란 거대의료 체계상 일거수일투족 모두 케어를 받을 수 없는 것도 사실이기에 2차적 보완 치료와 완화 치료 목적으로 나는 로컬 검진센터의 이진영 원장님께 전적으로 신뢰하며 신세를 지고 있기도 하다.

이 또한 내가 말 잘 듣는 바람직한 환자에서 더 나아가 모범적인 '아만자'로서의 기특한 나의 답안지라고 생각하며 선뜻 치료에 최선을 다 해 주는 분들께도 진심으로 감사하고 있다.

내 병은 내가 가장 잘 아는 법이다. (의학적 지식 말고 의지적인 입장으로) 절대적으로 의료진을 신뢰하되 나는 병원의 물리적인 모범생이 될 게 아니라 내 병의 주인인 '아만자' 로서 쭈욱 이대로 모범생이 될 거라고, 그래서 암을 반드시 다스리겠노라고 간절한 희망을 밝히는 바이다.

우린 '아만자'로서 각자 본인의 증세와 개별적인 병의 모범생이 되어야 할 뿐 어떤 병원에서도 맹목적인 단순 고객은 절대 아니어야 한다는 생각이기 때문이다.

주체적인 모범적으로 느끼는 내 몸의 기운과 내 의지는

나의 병을 가장 잘 표현하며 더 좋은 결과를 주는 법이라고
믿는다.

귀복貴福, 귀한 복이 담긴 '귀복'이란 이름 덕분이었을까. 큰 굴곡 없이 나름 평온하게 잘 살아왔다.

등단 당시에(2006년《현대수필》) 호적상 내 이름 '이귀복'보다 좀 더 나은 문학적인 느낌이 실린 필명을 고민하다가 나의 아명이었던 '진민'이란 이름을 덜컥 내세우긴 했으나.

그렇게 '진민'은 이름도 됐다가 게으른 작가도 됐다가 무엇보다 한량처럼 지금도 친구나 지인들에게 자연인으로서도 사랑스럽게 불리고 있다.

글답게 쓰고 싶었고 글쟁이답게 살고 싶었지만 지내 놓고 보니 귀복이로, 진민으로 정확히 딱 반반의 삶이 펼쳐지는 셈이다.

진민眞民, 내가 쓴 글에 내가 부린 마음이 모두 다 이곳에 넉넉히 채워졌길 바란다.

'이귀복'은 은행에 볼 일이 있거나 공적인 일의 사회적 대명사로 쓰였으되 성씨인 이가를 뺀 '진민'이란 이름은 그렇게 나와 동행하며 나의 대내외적인 사교적, 문학적 가치로 유용한 고유명사가 됐다.

지나친 자아의 객관성과 결벽증 탓이었을까. 두루뭉술한 책이란 결과물을 내놓고 싶지도 않았고 나의 작품집이 그저 사치스러운 액세서리가 되면 안 될 거란 조심스러움이 앞서다 보니 늘 미뤄왔던 출간이다.

그러나 암 환자, 그것도 전이가 된 4기 암이라서 하루, 하루가 소중해지는 순간 이제라도 늦었지만 글 쓴 흔적이나마 남기고 싶어졌고 또 그래야만 소설이나 시 속에서, 수필 가운데서 그렇게 문학에 대한 갈증을 해소하는 나만의 마침표가 생길 것 같았다.

목련

진민

쯧쯧 예쁜 여자 인물값 하느라
쉬이 늙는다던데
봉긋 나온 젖가슴
부끄러운 줄도 모르고
달빛 아래서 분칠하더니
고, 계집 또 밤새 앙탈 부리며
저 혼자 입 크게 벌리고
헤실헤실 웃더니만
풀린 눈 잔뜩 내리깔고
춘풍에 사내 힘 빼놓 듯
글쎄 아직 비도 안 오신 봄날 아침
벌써 푸릇한 땅에 드러눕지 뭐야

미완성인 채 오래 묵혔던 자작시다.

올해는 나 개인에게도 나라의 정세도 유난히 어수선한
슬픈 나날이다.

새해 봄날은 서정이 깃들고 사랑타령도 예쁘게 수놓고 무엇보다 나라 안팎으로 평화가 온전하게 자리잡았으면 싶다. 그리고 나도 이제 그만 아파서 목련 노래를 더 근사하게 매만지는 힘을 얻고 싶다.

무엇보다 보편적인 그 이상의 넉넉한 성품과 여유로움으로 언제나 내 편이고 여전히 애인 같은 남편과 하나밖에 없는 귀한 보물이자 내 생을 꽉 채워 준 반듯하고 예쁘기 그지없는 나의 딸 '다린'에게 이 책을 가장 먼저 전해 주고 싶다.

시나브로 나의 글을 칭찬하고 아껴주고 재밌다고 손뼉 쳐 주던 세상의 귀한 고수님들과 멋진 벗님들에게도 부끄럽지만 '진민'이란 이름으로 고마움을 전하고 싶다.

남다른 지성과 센시티브한 두 분, 김요일 이사님과 김도언 대표님께도 『나는 내가 어려워 넌 어때』의 산실과 산파로서 자리를 내주셔서 진심으로 고맙단 말씀 드리고 싶다.

주저하는 내게 책을 낼 수 있게끔 따뜻하게 격려해 준 김별아 작가님과 투병하는 과정 중에 큰 힘을 일어준 훤칠하고 다정한 청년, 서혜준 님에게도 깊이깊이 감사드린다.

나로서는 글 쓰는 일보다 조직적인 측면에서 더 애정 깊게 활동하며 각별했던 《현대수필》의 윤재천 교수님과 조재은 주간님을(당시) 비롯한 오차숙 발행인과(현재) 노정숙 주간님과 김상미 편집장님, (이하, 호칭 생략) 권영옥, 권현옥, 김산옥, 김혜영 등등 많은 동기와 선후배님들께도 출간을 핑계 삼아 고개 숙여 깊이 감사드린다.

책을 준비하는 내내 투병 중이어서 힘들었지만 늘 환하게 웃는 모습으로 진료해 주시고 마음에 큰 위안을 주시는 삼성병원 서성일 교수님께 두 손 모아 감사드린다. 아울러 비뇨기과 외래와 병동의 간호사님들께도 고마움을 전하고 싶다. 오래된 인연처럼 언제나 살뜰하게 챙겨주시는 나래의료재단의 이진영 원장님께도 무한 감사를 드리는 바이다.

마주 잡은 인연의 끈을 내치지 않고 소중한 용기와 칭찬을 얹어 주신 중앙대 교수이자 시인인 이승하 교수님, 강원

도문화재단 이사장이자 소설가인 김별아 선생님, 문화평론가이자 작가인 김미옥 선생님, 개그맨이면서 방송인인 남희석 님께 진심으로 감사드립니다.

무엇보다 지금 시간에도 극심한 암성 통증과 죽음의 공포로 두려움을 떨쳐버릴 수 없는 환우분들에게도 나의 글이 조금이나마 따뜻한 위안이 된다면 더없이 고마울 따름이다.

모든 환우와 나를 위해서 하나님께 치유와 회복을 위한 간곡한 기도를 바치며!

더불어 『나는 내가 어려워 넌 어때』를 세상 밖으로 내놓게 돼서 더없이 감사하다.

2024년 크리스마스를 며칠 앞둔 어느 날

진민.

나는
내가 어려워
넌 어때

ⓒ 진민, 문학세계사

초판 1쇄 발행   2025년 1월 2일

지은이   진민
펴낸이   김종해

펴낸곳   문학세계사
출판등록   제21-108호(1979. 5. 16)
주소   서울시 마포구 신수로 59-1
전화   02-702-1800
팩스   02-702-0084
이메일   munse_books@naver.com
홈페이지   www.msp21.co.kr

ISBN   979-11-93001-61-5   03810